Pardon

ERIKA BOYER

Cette histoire et ses personnages sont fictifs, toute ressemblance avec des personnes vivantes ou ayant existé serait totalement fortuite.

Couverture : Juliette Lefranc
Correction texte : Caroline Lacombe

Première publication : le 8 novembre 2016

ISBN : 978-1-520-87932-1

“Love is love.” — **Harry Styles**

À tous ceux qui célèbrent l’amour sous toutes ses formes.

Note

Il est important de rappeler qu'une relation incestueuse n'est pas illégale lorsqu'elle est consentie. Il ne faut pas confondre l'inceste avec un abus sexuel ou viol incestueux, l'un est légal tandis que les autres sont punis par la loi, l'un est consenti tandis que les autres sont des actes criminels. Si l'inceste reste un sujet tabou dans notre société, il n'est cependant pas illégal.

Inceste - nom masculin singulier : union *illicite* entre des personnes liées par un degré de parenté entraînant la prohibition du mariage, dans une société donnée

Illicite – adjectif singulier invariant en genre : qui est défendu par la loi ou par *la morale*

© le-dictionnaire.com

« En France, l'inceste, c'est-à-dire le rapport sexuel entre deux personnes qui sont parents à un degré où le mariage est interdit, ne constitue pas une infraction spécifique. Si la relation est librement consentie et concerne deux personnes qui ont dépassé l'âge de la majorité sexuelle, fixé à quinze ans dans notre pays, elle ne tombe pas sous le coup du code pénal. »

© senat.fr

Prologue

Quimper, 2003

— Tu devrais arrêter de fumer.

— Pourquoi ?

— Parce que c'est nocif, pour commencer. Mais comme je doute que tu t'en soucies, laisse-moi te dire que c'est un réel tue-l'amour.

— Arrête, toutes les filles pensent que les mecs qui fument sont cools. Je vais faire des ravages au lycée.

— Personnellement, je n'embrasserai jamais un homme qui fume.

J'aurais dû comprendre que quelque chose ne tournait pas rond lorsque j'ai décidé d'arrêter de fumer simplement parce que ma petite sœur n'envisageait pas de goûter des lèvres parfumées à la nicotine. J'aurais dû…

Chapitre 1

« Je ne me souviens que du bon, de l'amour et de la joie que j'ai pu ressentir en toi. Le reste est mort dans mon esprit, tous ces souvenirs où je nous voyais, partageant le même sang, je les ai effacés. »

Quimper, 2005

D'aussi loin que je me souvienne, Sarah et moi nous sommes toujours bien entendus. Enfant, j'avais été déçu d'apprendre que le petit frère que j'attendais tant allait finalement porter des robes. Mais c'était une pensée un peu sexiste de ma part, au fond il y a bien des hommes qui portent des kilts, ce qui est en soi assez proche d'une jupe. Qu'importe, j'avais deux ans, à cet âge-là on a encore le droit d'être idiot, n'est-ce pas ? Et puis, passé ma première déception et mes pensées absurdes, je fus ravi de rencontrer ma petite sœur. En toute honnêteté, c'était le plus adorable de tous les bébés. J'en ai été fou dès le premier regard et du haut de mes deux ans, je contemplais avec amour cette petite chose que je comptais protéger au péril de ma vie. Je me prenais déjà pour un chevalier et Sarah était mon adorable princesse.

Nous avons grandi à Quimper et j'ai toujours beaucoup aimé ma ville natale. Je m'y sentais bien, il y faisait bon vivre et je n'envisageais pas de la quitter un jour. J'aimais ses petites boutiques bretonnantes, le Festival de Cornouailles qui s'y tenait chaque année, l'ambiance générale, le décor… J'étais littéralement amoureux de ma ville. Alors, quand est-ce que Quimper m'est-elle devenue invivable ? À quel moment n'ai-je plus réussi à endurer ses couleurs et sa population ? Je pense que c'est lorsqu'il m'est devenu impossible de supporter que chaque rue, chaque commerce, chaque personne me rappelle mon amour illusoire. Lorsqu'il fut trop difficile pour moi de marcher gaiement dans les allées de Quimper, lorsque les morceaux de mon cœur brisé ne parvinrent plus à rester accrocher, alors la vue même de ma ville d'origine devint insupportable.

Mais à presque dix-huit ans, je n'étais qu'à un an de mon évasion. J'allais bientôt pouvoir fuir et j'en étais particulièrement fier. J'intégrai une université bordelaise l'année suivante et j'avais travaillé durement pour ça. Je n'y avais pourtant pas été attiré par simple désir d'apprendre dans une bonne école, je l'avais choisie parce qu'elle me permettait de mettre plus de cinq heures de voiture entre ma famille et moi. « Loin des yeux, loin du cœur » j'espérais sincèrement que ce proverbe soit vrai. Toute ma santé mentale reposait sur cette hypothétique réalité.

Quimper, 2003

C'est à l'âge de quinze ans que la douceur de mon amour fraternel a laissé place à une extrême douleur face au désir malsain qui évoluait en mon cœur à l'égard de ma jeune sœur. J'avais d'abord reporté la faute sur mes hormones. À l'adolescence, les garçons découvrent la sexualité et j'ai supposé que mon esprit perverti résultait d'un trop grand désir de découverte. Mais cela allait au-delà de l'aspect sexuel, c'était bien plus fort, tellement plus intense… J'ai cessé de voir Sarah pour ce qu'elle était, ma sœur de deux ans ma cadette, et mes yeux s'autorisaient à la regarder comme la jeune femme qu'elle devenait.

C'est lors d'une soirée banale que j'ai réellement ressenti du désir pour elle. Maman travaillait de nuit en tant qu'infirmière, nous étions donc souvent seuls à la maison et nous avions un rituel en fin de semaine. Chaque vendredi, nous commandions des pizzas et nous mettions devant un film américain choisi par Sarah. Contrairement à ses amies, ma sœur préférait les films d'action aux romances. « L'amour n'est qu'une religion de plus. Comme un Dieu auquel on s'accroche pour ne pas finir seul, juste parce qu'on a peur de mourir. » Si je ne la connaissais pas depuis sa naissance, je n'aurais jamais deviné qu'elle avait treize ans. Sarah était une gamine plutôt à part, ayant grandi avant l'âge, et je ne l'en aimais que davantage. Elle était unique et c'était ma sœur.

Ce soir-là, nous avons attendu que le livreur nous apporte nos pizzas puis nous nous sommes jetés sur le canapé pour regarder 'Le Transporteur'. Une fois notre repas si peu gastronomique terminé, Sarah a posé la tête sur mon épaule comme elle le faisait souvent et nous nous sommes plongés dans l'histoire qui défilait devant nos yeux. J'ai eu l'impression que contrairement à d'habitude, elle était bien plus proche de moi, physiquement. Je pouvais humer la délicieuse odeur de sa peau, caresser de ma joue la soie de ses cheveux et même sentir la courbe naissante de son sein contre mon bras. Je n'aurais pas dû remarquer ces détails, son parfum aurait dû se fondre dans celui de la pièce, ses cheveux n'auraient pas dû me sembler si doux et cette courbe aurait dû être une simple forme dont je ne me serais pas soucié. Et pourtant c'est arrivé. J'ai pu sentir les battements de mon cœur accélérer, mon souffle devenir plus laborieux et ma masculinité se dresser. Je ressentais du désir pour ma petite sœur de treize ans au corps de jeune femme. Je n'avais jamais été si excité et apeuré en même temps. Je passai alors l'heure trente de film à lutter contre mon désir et à démêler mes sentiments. J'en perdis la notion du temps. J'avais besoin de fuir et de réfléchir mais je n'arrivais pas à me détacher d'elle. Un grand combat intérieur dont j'ignorais encore quel 'moi' ressortirait victorieux.

— Will ? Allo ?

— Mh ?

Je ne l'avais même pas entendue. Je me tenais là, rigide. Et lorsqu'elle décolla son corps du mien, j'en fus à la fois déçu et soulagé.

— Tu planes ou quoi ? Le film est fini. On regarde autre chose ?

— Non, je… Je suis fatigué, je vais aller me coucher.

Je savais à son sourcil droit relevé qu'elle n'était pas bien convaincue par mon histoire. Je ne l'étais pas moi-même. J'étais du genre à ne pas me coucher avant minuit et il n'était pas encore vingt-deux heures, de quoi se poser des questions. Mais j'avais besoin de m'éloigner, il fallait absolument que je m'isole, que je prenne une douche froide, que je me tape la tête contre le mur… qu'importe, je devais faire quelque chose pour effacer ces minutes malsaines. Et si Sarah trouvait mon attitude étrange, elle n'en dit mot.

Je me levai alors et tout en prenant soin de masquer mon entre-jambe, me dirigeai vers le couloir pour regagner ma chambre. Lorsque ce fût fait, je me laissai tomber lourdement sur mon lit, le regard paralysé, fixant le plafond. Je commençai alors à réfléchir. C'était moi, j'avais besoin de comprendre les choses, de savoir pourquoi et comment. Je n'éliminais aucune hypothèse. On avait mis de la drogue dans ma pizza, j'avais un problème hormonal, j'avais rêvé, j'avais pris Sarah pour une autre personne… Mais au fond de moi, j'étais conscient de n'avoir aucune excuse. Je désirais ma sœur et c'était mal. Je devais absolument faire ce qu'il fallait pour ne plus jamais avoir de telles pensées. Mais ce fut loin d'être le cas. Mon désir s'amplifia au fil des jours, des semaines et des mois. Cependant, ce ne fut qu'un an après que je réalisai que mes sentiments étaient plus proches de l'amour que du simple désir.

Quimper, 2004

Mon père nous avait quitté très jeune. Sarah n'avait que cinq ans lorsqu'il avait eu un accident de voiture et je n'étais alors âgé que de sept ans. Ma mère nous avait donc élevés seule. C'est pour cette raison, par gratitude et par amour, que nous veillions toujours à bien nous comporter. Nous avions affronté le décès de notre père du mieux possible et avions soutenu notre mère dans son deuil. Elle avait toujours semblé plus affectée que nous par ce tragique accident et cachait difficilement que son amour pour son mari était plus fort que celui qu'elle portait à ses deux enfants. Alors chaque fois que je prenais le temps d'y penser, j'avais le sentiment que nos rôles avaient été inversés. Nous prenions soin d'elle, et pas l'inverse. Mais j'y réfléchissais le moins possible. Certains auraient pu dire que je fuyais, moi je voyais en cette fuite une possibilité de vivre avec ma douleur et de continuer à avancer. Je pensais que nous avions surmonté ces événements mais j'étais en fait le seul à m'en être sorti mentalement. Ma sœur, qui était pourtant plus forte psychologiquement que ma mère et moi réunis, avait une faiblesse : l'absence de notre père lui était presque insupportable. Plus encore, semblait-il, qu'elle ne l'était pour ma mère, ce qui en disait long sur son chagrin.

Sarah et moi avons eu une discussion banale qui a pris une tournure inattendue. Je n'oublierai jamais ce jour qui marqua le début de plusieurs années de souffrance, d'amour, certes, mais d'amour douloureux.

— Maman devrait arrêter de payer pour ça, lui dis-je en consultant la facture envoyée par le cimetière dans lequel reposait mon père.

— Payer quoi ?

— La place au cimetière.

— Tu plaisantes j'espère ?

— Non, je suis plutôt sérieux. On paye depuis une dizaine d'années pour une pierre stupide qui…

— Tais-toi !

— Qu…

Je relevais la tête pour apercevoir les yeux trempés de ma sœur et me tus face aux larmes qui s'en échappaient à grande vitesse. Et sans qu'elle n'ait à dire un mot, je compris que ce que je prenais pour de l'indifférence était un masque fragile. Ma sœur était loin de s'être remise du décès de notre père.

— Je suis désolé Sarah, pardonne-moi…

Je crois n'avoir jamais autant souffert. Ma sœur a toujours été la personne la plus précieuse au monde pour moi et la voir pleurer est encore aujourd'hui ma plus grande faiblesse. Je n'ai jamais été connu pour ma sensibilité, et pourtant mon cœur saignait une goutte à chaque larme qu'elle versait et ce jour-là, j'aurais bien eu besoin d'une transfusion sanguine.

À la suite de cet événement, je prenais davantage le temps de l'observer, je prêtais une attention toute particulière à son visage et aux expressions qui y dansaient. Je n'avais qu'une peur, la blesser une fois encore avec mes maladresses. Alors je marchais sur des œufs, je souriais dès qu'elle me regardait, j'approuvais même lorsqu'intérieurement je désapprouvais et j'évitais les sujets sensibles. Mais Sarah n'était pas idiote et elle me le fit savoir.

— Arrête Will…

— Hein ?

— Arrête de te comporter comme ça. Je ne suis pas une poupée, ce n'est pas parce que j'ai pleuré une fois que je vais m'effondrer à chaque discussion. Et puis arrête de culpabiliser, tu es franchement énervant quand tu es comme ça.

— Je suis désolé, lui dis-je en la prenant dans mes bras.

À croire que j'avais pris un forfait excuses. Mais dans sa grande bonté, elle me murmura un doux « C'est pas grave » qui se heurta à ma poitrine.

Au travers de cette étreinte, je réalisais soudain que Sarah était la personne que j'aimais le plus au monde, et que mes sentiments allaient au-delà de ceux présents dans une relation classique entre un frère et sa petite sœur. Je m'engageais sur un chemin où je ne cesserais d'être désolé et où elle me pardonnerait chaque fois avec tendresse. J'entrais à ce moment précis dans un cauchemar sans fin où il m'était impossible d'empêcher mes sentiments d'exister et tout simplement irréalisable de me détourner totalement de Sarah dans l'espoir d'oublier. Alors je pris mon mal en patience, j'affrontai les jours avec le cœur en miettes tout en organisant mon évasion, ma fuite vers une chute inévitable dans laquelle je ne voulais absolument pas entraîner ma petite sœur.

Je me plongeai dans les études afin d'intégrer une université, mais pas n'importe laquelle, une à des centaines de kilomètres de ma famille et de cette ville qui m'étouffait avec tous les souvenirs que j'en avais. Je me préparais à rejoindre la ville du vin et je marchais vers cet objectif en essayant de limiter les dégâts à l'intérieur de mon âme.

Chapitre 2

« Nous sommes comme l'Alaska et la Russie, aux deux extrémités sur une carte mais côte à côte dans la réalité. »

Bordeaux, 2006

Je frôlais le sol bordelais pour la première fois. Sarah et maman avaient tenu à m'accompagner pour visiter cette ville et l'université qui allaient toutes les deux marquer un nouveau départ pour moi, mais j'avais refusé. D'une certaine façon, je fuyais. Ce n'était pas seulement pour ses cursus universitaires que j'avais choisi l'université Michel-de-Montaigne*. Non, j'avais volontairement décidé de traverser la France pour mettre de la distance entre celle pour qui mon cœur se mourait et moi. Il m'était devenu insupportable de regarder Sarah devenir plus belle chaque jour et de porter quotidiennement le fardeau de la honte ressentie face à mes émotions. J'avais besoin de fuir, et tant pis si cela faisait de moi un lâche.

**En 2014, l'université a changé de nom et s'appelle aujourd'hui Bordeaux-Montaigne.*

J'aimais ma petite sœur de tout mon être et j'en souffrais atrocement. J'aurais souhaité être une autre personne, naître en d'autres lieux, ne pas avoir ce lien du sang… Mais puisque c'était impossible, je choisissais de fuir en espérant que mes sentiments resteraient en Bretagne avec elle.

Après m'être trompé de direction avec le tramway (Dieu merci, il y en a toutes les cinq minutes), j'arrivai enfin à l'arrêt St Michel. Je descendis et entrepris de marcher jusqu'à l'appartement que j'avais loué. Je tombai immédiatement sous le charme de ce quartier de pierre et la Basilique Saint-Michel m'impressionna dès que je la vis s'élever devant mes yeux.

J'appris très vite que ce petit village en pleine ville était principalement habité par des familles maghrébines et que la plupart se connaissaient depuis toujours. Le propriétaire de mon appartement était d'ailleurs algérien. Il lui manquait une de ses incisives centrales, il me raconta qu'il l'avait perdue lors d'une bagarre avec un voisin qui lorgnait un peu trop sa fille, vous comprenez, la famille c'est précieux pour ces gens-là. Achir, c'était son nom et il m'apprit que cela signifiait 'ami', avait élevé ses enfants seuls depuis le décès de sa femme. Il me raconta autour d'un thé à la menthe, que je bus pour ne pas l'offenser, que comme son nom l'indiquait, sa défunte Aïcha était une femme pleine de vitalité. « Mais tu sais, le cancer se fout bien de la vitalité. Il vient frapper à ta porte un jour et il entre sans y avoir été invité. Puis il s'installe à la table de ton corps et bouffe tes organes jusqu'à ce qu'il t'en crève », m'a-t-il confié ce jour-là. Achir me fit bonne impression dès les premières minutes. Il ne me montra pas mon appartement immédiatement et je n'en fus pas dérangé. Il m'invita chez lui, la maison juste à côté, et me parla de lui, de sa famille, du quartier et de tout ce qui lui passait par la tête. J'aperçus sa jolie fille, une adolescente d'à peine quinze ans, puis son jeune fils, de cinq ans son cadet, d'après ce qu'il m'avait dit. Le garçon se planta devant sa soeur dès qu'il me vit, comme pour m'empêcher de trop la regarder. Il s'appelait Ismet, la protection, et elle c'était Naïma, délicate, à croire que chacun évoluait en fonction de son prénom. Ils formaient une petite famille chaleureuse et je m'y attachai immédiatement.

Après plusieurs heures de discussion, Achir me proposa d'aller m'installer tranquillement à côté. Je découvris une pièce lumineuse et chaleureuse où on avait installé un clic-clac recouvert de coussins et d'une couverture. Il y avait également une table basse où trônaient quelques magazines, ainsi qu'un petit meuble orné de sa vieille télévision. Dans un coin se trouvaient une gazinière, un frigo et un évier, le tout accompagné d'un placard mural rempli de vaisselle. Je découvrais également une commode usée contre le mur opposé. Enfin, Achir me montra une porte qui menait vers une sorte de cagibi contenant toilettes et douche. C'était un endroit trop petit pour être considérée comme une pièce mais suffisant pour que je puisse y faire ma toilette. Le propriétaire m'expliqua que de toute façon, j'étais le bienvenu chez lui pour les repas et pour me laver dans un plus grand espace. J'en étais vraiment touché.

Je finis mon inspection par la grande fenêtre qui donnait sur la rue. Je me sentais vraiment bien ici et cela ne fit qu'accentuer mes sentiments douloureux à l'égard de ma sœur. J'avais le cœur lourd et un tsunami d'émotions s'écrasait sur moi. « Tu as le regard triste, mon garçon. Mais tu verras, ici les gens sont colorés, ils dégagent tant de joie que tu finiras par être heureux toi aussi. Tout ira bien. » J'aurais aimé en être aussi convaincu mais je n'étais pas sûr de réussir à rire et sourire alors que mon cœur était en morceaux et que ma tête ne désemplissait pas du visage de Sarah. J'envisageais de me contenter de survivre.

Chapitre 3

« Il est dit qu'on ne choisit pas sa famille mais en quoi le simple fait de partager le même sang définit-il que nous devons obligatoirement nous aimer et être liés ? Je t'aime pour bien d'autres raisons et si demain je décide de rayer quelqu'un de ma vie, je ne me soucierai pas de son ADN. »

Je me réveillai le lendemain de mon arrivée en entendant un brouhaha monstre. Les yeux encore gonflés, j'ouvrai la fenêtre pour regarder dans la rue et j'aperçus Naïma et Ismet devant chez eux.

— Salut vous deux.

Je n'obtins qu'un léger hochement de tête de Naïma et son petit frère me jeta un regard noir comme si j'étais un ennemi. Mais je ne me dégonflai pas et continuai.

— Vous savez d'où vient ce bruit ?

— C'est le marché, me répondit la jeune fille de sa voix douce.

— Le marché ?

— Oui. Tous les samedis il y a le Marché Royal à St-Michel.

— Vous y allez aujourd'hui ?

— Évidemment !

Ismet m'adressa la parole pour la première fois. C'était comme s'il n'avait pas pu se retenir de répondre, comme si ma question avait été la plus stupide qu'il lui ait été posée. Et cela me fit sourire.

— Je peux venir avec vous ?

Les deux enfants se regardèrent un instant puis décidèrent que oui, le Breton bizarre qui ose demander s'ils se rendront au marché, avait le droit de venir avec eux et de comprendre pourquoi il était impensable de manquer l'événement hebdomadaire. Et je compris. J'en pris plein les yeux et les narines. Les stands colorés m'attiraient à eux et les commerçants tous plus convaincants les uns que les autres auraient pu me vendre n'importe quoi si les enfants d'Achir n'avaient pas été là. J'entendais Ismet répondre à ces adultes qu'ils devaient bien connaître. « Arrête Amir, il n'a pas de jardin, pourquoi tu veux lui vendre une tondeuse ? », et parfois il négociait les prix pour moi. « C'est du vol, tu l'as payé moins d'un euro ! Allez, sois honnête pour une fois dans ta vie et fais une réduction pour le Breton ! » J'étais 'le Breton', le petit blanc venu d'en haut qui faisait tâche au milieu de ces maghrébins à la peau délicieusement halée. Mais aucun d'eux n'était raciste, ils n'étaient pas méchants et je me sentais apprécié. Différent mais aimé quand même. Eux qui pourtant étaient souvent montrés du doigt parce que craints, ne me témoignaient que gentillesse.

Nous passâmes plusieurs heures à nous promener dans les diverses allées. Je goûtais des plats qui m'étaient jusqu'ici inconnus, j'essayais des tenues variées mais surtout, je m'abreuvais de la bonne ambiance créée par ces habitants. J'étais ivre de leurs sourires, fou de leur bonne humeur.

Lorsque midi retentit, nous étions encore en train d'arpenter tous les trois les allées, et le marché désemplissait progressivement. Je remerciai Ismet pour son aide et complimentai ses talents de négociateur, mais il se contenta de hausser les épaules et d'accélérer le pas pour nous distancer sa sœur et moi. De sa petite voix, Naïma excusa son frère, « Ne lui en voulez pas, il a juste un peu de mal avec les inconnus. Et il est très protecteur avec moi. » Je ne pouvais que le comprendre, j'avais moi-même une sœur qu'il ne fallait définitivement pas approcher de trop près. Mais mes raisons n'étaient peut-être pas aussi désintéressées que celles d'Ismet. Je hochai donc la tête et la jeune fille reprit. « Et puis, il vous a accepté. Tout ira bien maintenant. » Lorsque j'écarquillais les yeux en souriant comme pour lui dire « Il n'a pas l'air de m'avoir tellement accepté », son sourire s'élargit et elle continua « Il ne faut pas se fier aux apparences, il est content de pouvoir trouver un grand frère en frappant à la porte d'à côté. Il est toujours un peu froid à la première rencontre et il parle peu tant qu'il n'est pas en confiance, mais il cerne facilement les gens et il

a compris que vous n'étiez pas méchant. »
J'appréciais l'image qu'ils avaient de moi mais j'espérais qu'ils ne jugeaient pas si rapidement toutes les personnes qu'ils croisaient, sinon ils allaient avoir un jour de sérieux ennuis. Par chance, je n'avais aucune mauvaise intention et ils n'avaient rien à craindre de moi.

Le sourire aux lèvres, j'accélérai pour rattraper Ismet. Il haussa les épaules face à mon attitude joviale et feignit l'indifférence, mais je vis son visage s'éclairer et cela me mit du baume au cœur. Les couleurs et l'ambiance du marché semblaient avoir amélioré notre moral à tous et j'étais heureux d'avoir créé mes premiers liens avec des habitants de mon nouveau chez moi.

Après avoir passé la matinée en extérieur, je mangeai avec les enfants et appris qu'Achir travaillait et ne rentrerait qu'en soirée. Il était dans le bâtiment et en tant qu'unique parent du foyer, il travaillait le plus possible pour offrir le meilleur à ses deux enfants. Je restai donc avec Ismet et Naïma jusqu'à son retour. Je passai une après-midi délicieuse au cours de laquelle les enfants partagèrent avec moi leur passion. Ismet se lança dans une longue tirade sur la nécessité de lire le plus possible afin de se cultiver. Il me montra sa petite collection de livres d'occasion, c'était son trésor, il le disait lui-même. Il en avait peu mais il en était fier et criait à qui voulait l'entendre, qu'un jour il vivrait dans une maison de livres. Je compris alors d'où lui venait son esprit éveillé et je fus également ravi de le voir s'ouvrir à moi. Il souriait et avait ce visage innocent et enfantin empli de bonheur que je n'avais pas encore eu l'occasion de voir. Cela me rendit heureux aussi, inévitablement.

De son côté, Naïma aimait la couture, le tricot et toute autre pratique lui permettant de créer des vêtements. Elle m'expliqua que sa mère lui avait appris les bases et qu'elle avait continué à s'entraîner avec toutes les chutes de tissu qu'elle pouvait trouver. Elle me confia son rêve d'entrer dans une école de stylisme et le qualifia d'irréalisable. Lorsque je lui demandai pourquoi, elle me répondit avec douceur qu'il lui était impossible de financer de telles études et que de toute façon, elle ne pouvait pas abandonner son frère et son père. J'en eus le cœur brisé et je me sentis stupide de ne rien pouvoir faire de plus. Mais Naïma ne se laissa pas abattre, elle me sourit de cette douceur qu'elle seule possédait et se leva pour préparer le repas avant que son père rentre du travail.

Achir revint aux alentours de vingt heures, avachi, les yeux cernés, épuisé par sa dure journée de labeur. Mais il sourit en voyant ses enfants, embrassa sa fille sur la joue et son fils sur la tête. Puis il me serra dans ses bras comme si j'étais un membre de la famille, comme s'il était heureux que je sois là, moi aussi. J'eus envie de pleurer mais n'en fis rien. Je savais ne mériter que souffrance pour avoir osé aimer ma sœur, pour avoir espéré cueillir la plus belle fleur du jardin sans tenir compte du fait qu'elle en perdrait tous ses pétales et ne pourrait alors plus s'en servir pour cacher la honte que j'aurais fait tomber sur elle. J'étais cruel d'avoir juste imaginé qu'elle pourrait m'aimer aussi, ne serait-ce qu'un instant, et si le ciel ne me punissait pas, je devais le faire. Alors je ne méritais pas les bons sentiments de cet homme tellement généreux.

Sans qu'aucun mot soit prononcé, Achir et Ismet installèrent quatre couverts autour de la table et Naïma servit. Il leur avait semblé logique que je reste manger avec eux, comme si c'était une évidence, une chose naturelle. Le petit Breton malheureux à la table des algériens joyeux. Mes yeux s'humidifièrent et je prétextais une forte sensibilité aux épices. J'étais heureux, malheureux d'aimer ma sœur, coupable de ressentir le manque de son absence, mais reconnaissant d'être accueilli dans cette famille au grand cœur qui méritait un bien meilleur invité.

Une fois allongé dans mon lit, quelques heures plus tard, la fenêtre ouverte et les bruits extérieurs jouant une douce musique à mes oreilles, je fis le bilan de ma première vraie journée à Bordeaux. J'avais appris que St Michel était un quartier plein de vie dans lequel il faisait bon vivre, j'avais eu la confirmation que le propriétaire de mon appartement était un homme chaleureux et un bon père, que sa fille était douce et élégante et que son fils avait beau refuser de parler le plus souvent, il était impressionnant quand il le faisait et avait définitivement de l'avenir dans le commerce mais qu'il aimerait probablement travailler la tête dans les livres. J'étais face à trois êtres incroyables et je me sentais un peu misérable. Le contraste entre cette famille unie et la mienne, que j'étais en train de détruire avec mes sentiments, me frappa de plein fouet et me déchira de l'intérieur. Je me promis de m'éloigner un peu le jour suivant et d'aller faire un tour, seul, pour peut-être voir l'université où j'allais étudier dans quelques jours.

Chapitre 4

« Je t'en prie, garde une place pour moi dans ta vie. J'ai peur que tu finisses par m'oublier. Laisse-moi exister ne serait-ce que dans un recoin de ton esprit. »

Le lendemain, je ne me réveillai que vers midi lorsque j'entendis quelqu'un tambouriner sur la porte de mon petit appartement. C'était un studio en rez-de-chaussée, un peu ancien et peut-être mal isolé pour passer l'hiver, mais je m'y sentais bien. Il me suffisait d'ouvrir la fenêtre pour saluer le voisinage. Cela me rappelait notre voyage en Espagne l'an passé.

Espagne, 2005

Notre mère nous avait amenés passer une semaine chez une de ses cousines espagnoles avec qui elle correspondait fréquemment par internet. C'était une célibataire endurcie, plutôt jeune et charmante, avec un caractère bien trempé comme toutes les femmes espagnoles dont j'avais fait la connaissance. Sarah l'adorait et moi j'adorais Sarah et j'étais toujours comblé de la savoir heureuse.

Nous avions fait des heures de route dans la petite 106 de maman avant d'arriver dans un village un peu perdu du nom d'Alberche. C'était assez proche d'une petite ville qui s'appelait Talavera de la Reina mais trop petit pour qu'on puisse trouver quelque chose sur internet, trop loin de la capitale. C'était juste un « pueblo », un village quoi, rien qui ne fasse vraiment rêver. Et pourtant, on s'y sentait vraiment bien, c'était encore mieux qu'à la maison. Ici, tout le monde connaissait tout le monde. Les jeunes se retrouvaient à la piscine du village l'après-midi, les parents travaillaient le plus souvent et les vieux se donnaient rendez-vous tous les soirs, tous assis sur une chaise de jardin devant leur porte, à discuter à travers les rues, à saluer les passants qui marchent vers la grande place pour boire un verre ou les adolescents qui se rendent au camion pour acheter des sucreries. J'avais le sentiment de goûter au paradis à travers cet autre monde.

Sarah et moi nous sommes facilement fait des amis même si nous ne connaissions que les rudiments de la langue. Nous réussissions à nous faire comprendre. Parfois quelqu'un venait frapper à notre porte, ma mère ouvrait et on entendait crier le jeune Jorge, « ¡Vamos a la piscina! » et on allait à la piscine. Et si la dame au comptoir me demandait, « ¿Qué tal tu madre? » je savais qu'elle me demandait des nouvelles de ma mère. Alors je levais le pouce et elle riait. C'était comme ça à Alberche, tout le monde souriait, beaucoup riait, le village débordait de joie de vivre et on finissait tous par être contaminés.

J'aimais ouvrir la fenêtre de notre chambre et glisser la tête par l'ouverture pour voir le voisin passer sur son vélo afin d'aller travailler, j'aimais cette chaleur oppressante qui s'abattait sur moi au même moment, j'aimais ces espagnols qui criaient plus qu'ils ne parlaient et avaient un débit impressionnant, j'aimais les 'r' roulés, la pastèque, le melon, le camion de la place centrale, les petits parcs, le grand champs derrière la piscine et même l'odeur nauséabonde des poubelles qui remontaient à cause de la température, je l'appréciais. Cependant, j'aimais un peu moins la tenue trop légère dans laquelle ma sœur était obligée de dormir alors que nous partagions la même chambre. Mon corps de presque-homme me trahissait et je le maudissais d'être si peu obéissant. La température n'était définitivement pas la seule raison pour laquelle je prenais une douche froide quotidienne. Mais en dépit de ce combat intérieur perpétuel face à l'amour que je portais à Sarah, j'aimais l'Espagne et j'adorais Alberche et ses habitants conviviaux. Je gardais un très bon souvenir de ce dernier voyage en famille.

Bordeaux, 2006

Lorsque mon visiteur frappa de nouveau, j'ouvris définitivement les yeux et sortis de mon rêve pour aller ouvrir. Aucune surprise, c'était Ismet.

— Ça va bonhomme ?

— Yep. Pourquoi t'es pas encore habillé ? C'est l'heure de manger.

— J'étais fatigué, je viens juste de me réveiller.

— Papa dit que tu dois venir manger. Tu viens, hein ?

— Laisse-moi quinze minutes et j'arrive.

Sans me répondre, le jeune homme repartit. Adieu ma résolution d'éviter la famille Nasri aujourd'hui. Étonnamment, cela me fit sourire.

Après avoir pris une douche rapide, je me postai devant le miroir sur pied qu'Ismet avait négocié pour moi au marché. Il n'allait pas avec la décoration de ma chambre mais rien n'était accordé ici, un véritable arc-en-ciel de styles et d'époques. J'avais le sentiment que mon reflet n'était plus le même. J'étais toujours un homme assez grand au corps correctement tracé, mes cheveux bruns avaient encore une certaine longueur qui faisaient de ma tête un perpétuel champs de bataille, ma peau à peine teintée ne pouvait témoigner de mes origines espagnoles et mes yeux bleus clairs, eux, étaient à présent voilés par mon lourd secret. J'aurais aimé que mon corps change, devenir un autre homme, être différent.

Paradoxalement, j'étais ravi de ce physique, parce que je ressemblais terriblement à ma mère, ce qui voulait dire que Sarah était loin de refléter mon image puisqu'elle était le portrait craché de mon père. D'au moins dix centimètres de moins que moi, ses longs cheveux châtain retombaient en boucles sur sa silhouette parfaitement dessinée. Sa peau avait la même teinte que la mienne en dépit des tentatives de ma sœur pour prendre plus de couleurs, et ses yeux noisette si différents du ciel dans lequel se noyaient les miens, avaient une couleur sucrée qui me donnait toujours faim. Elle était délicieuse et je me maudissais de tant vouloir y goûter.

Quelques coups contre le mur me rappelèrent que j'étais invité pour le repas. J'abandonnai l'idée de me raser et enfilai à la hâte quelques vêtements. Toujours au pas de course, j'arrivai chez les voisins et mon propriétaire m'accueillit chaleureusement avant de me guider à la petite table conviviale de la cuisine. J'étais enchanté de goûter de nouveau à la cuisine de Naïma, d'autant que je n'étais toujours pas allé faire les courses. On pouvait encore trouver dans mon frigo les restes du repas de la veille que la famille m'avait fait emporter, et quelques achats faits au marché. De quoi tenir quelques jours mais difficilement assez pour la semaine.

Achir interrompit le cours de mes pensées pour connaître mon programme de la journée.

— Qu'est-ce que tu comptes faire aujourd'hui ?

— Je pense sortir un peu, faire le trajet jusqu'à ma fac peut-être ? Je démarre les cours dans une semaine alors il faudrait peut-être que je commence à m'habituer au paysage.

— Tu as déjà ta carte de transport ? Sinon j'ai un ticket dix voyages.

— Je vais faire la carte demain en même temps que j'irai faire quelques courses je pense. Merci en tout cas, mais j'avais déjà pris une carte cinq voyages à mon arrivée à la gare, ne vous inquiétez pas.

Achir hocha la tête en signe d'acquiescement. Il semblait fier que je sois organisé, comme un papa ravi de sa propre éducation. Pour la première fois depuis des années, mon père me manquait.

Je remerciai mes hôtes après le repas et complimentai Naïma qui était décidément une excellente cuisinière. Puis je repassai chez moi prendre des affaires et pris la route en direction de l'arrêt de tramway. Lorsque j'arrivai à l'arrêt Montaigne - Montesquieu, je fus impressionné par les grands bâtiments qui s'élevaient alors devant moi. Ils n'étaient pas bien majestueux et quelque peu délabrés, mais je n'avais jamais étudié dans une école si vaste. Je ne pus m'empêcher de penser à Sarah qui se perdrait très probablement dans de tels espaces et cela me fit sourire. J'aimais ce sentiment, la possibilité de penser à ma sœur avec douceur, sans que mon cœur s'émiette un peu plus. C'était comme faire progressivement le deuil d'une personne qui était pourtant encore vivante. Horrible mais unique solution pour survivre.

J'arpentai le campus de ma future université et le découvris avec joie. Le restaurant universitaire, les bibliothèques, les espaces verts… Je tentai de mémoriser le plus de détails possibles pour ne pas être complètement perdu le lendemain. Et lorsque je fus satisfait de mes découvertes, je m'arrêtai un instant sur un des bancs installés à l'ombre pour me protéger un peu du soleil. Il faisait bien plus chaud à Bordeaux qu'à Quimper, ici la chaleur en était presque étouffante. Pas autant qu'en Espagne mais c'était déjà trop pour moi, ça l'aurait été pour n'importe qui. Je m'allongeai sur le banc un instant et respirai l'air chargé de ma nouvelle ville. J'allais vivre ici, c'était chez moi à présent.

— Tout va bien ?

La voix me sortit de mes pensées et me fit sursauter. La manœuvre me fit tomber de mon lit improvisé.

— Merde, ça va ? continua-t-il.

— Ça va, j'ai juste perdu toute dignité, lui répondis-je avec humour.

— Pas de souci, d'ici quelques minutes je vais aussi perdre la mienne.

— Ouais ?

— J'ai perdu la clé de ma chambre universitaire et j'ai laissé mon téléphone là-bas. Je ne peux plus entrer dans le bâtiment car j'ai bien sûr oublié d'en noter le code et je me retrouve donc à la rue en quête d'une âme assez charitable pour me prêter son portable afin que je contacte l'administration pour savoir quoi faire.

— Ok, je reconnais que tu as fait fort. Contrairement à toi, je crois qu'il me reste encore un certain pourcentage de dignité.

Nous nous mîmes à rire de bon cœur puis le sourire aux lèvres, je quittai mon coussin de terre et je continuai.

— Le problème c'est que je n'ai pas de téléphone.

— Tu n'as pas de téléphone comme dans « Je suis anti-technologie je ne sais même pas ce qu'est l'électricité » ou comme dans « Je n'ai pas les moyens de m'en acheter un » ?

— Plutôt comme dans « Je l'ai oublié chez moi » en fait.

— Ok, ça me rassure. Un instant, j'ai cru que notre amitié naissante allait mourir dans l'œuf. Ça aurait été de mauvais augure que ma première relation prenne fin si rapidement.

— Tu viens d'arriver dans la région toi aussi ?

— Yep, j'arrive d'Angoulême. Si tu dis « toi aussi », j'en déduis que tu n'es pas Bordelais ?

— Non, Breton.

Il hocha la tête en faisant la moue et tout naturellement, me répondit « J'adore les galettes bretonnes » comme si c'était la chose la plus normale au monde. Je ne m'en offusquai pas et ris de bon cœur ce qui l'entraîna lui aussi dans un éclat de rire. J'appréciais ce garçon dont j'ignorais encore le nom. Il était plutôt grand et bien bâti. Il avait la peau noire et des tresses élégantes, pas du genre négligé, sa tête était vraiment une œuvre d'art. J'apercevais une barbe travaillée – pas comme ma propre repousse qui m'allait bien mais n'avait rien de soigné – et une lueur malicieuse dans ses yeux. Il était à la fois charmant et amusant, la combinaison parfaite pour plaire aux femmes, et même aux hommes.

— Au fait, je m'appelle David, me dit-il en me tendant la main.

— Moi c'est Will, enchanté. Je lui serrai la main en souriant.

— De même. Will, c'est un diminutif pour William ou Wilfried ?

— Ni l'un ni l'autre. Moi c'est juste Will. Mes parents savaient que tout le monde finirait par m'appeler comme ça s'ils m'appelaient William, alors ils ont préféré n'utiliser que le diminutif.

— Je pense que j'aime déjà tes parents.

Il proposa ensuite de m'appeler « Willy » juste pour embêter mes géniteurs mais après une discussion sur le fait qu'un surnom devait être plus court que le prénom original et un calcul mathématique prouvant que ma corpulence ne se rapprochait en aucun cas de celle du célèbre orque, nous conclûmes que Willy n'était pas approprié et passâmes à autre chose. Après quelques brèves secondes de silence, je l'entendis soupirer.

— Du coup, je suis condamné à retourner là-bas et à attendre que quelqu'un passe. Mais même comme ça, je ne suis pas sûr que ça arrange mon problème…

— Et bien évidemment, tu ne connais personne ici.

— Exactement…

— Tu peux toujours venir chez moi si tu veux. Bon, je suis un peu loin de l'université mais le quartier est sympa et je pourrais te prêter des fringues. Demain, il y aura plus de monde ici et tu auras moins de mal à trouver quelqu'un pour t'aider.

— Mec, tu es un ange tombé du ciel. Si je n'avais pas la plus parfaite des petites amies, je pourrais tomber amoureux… d'une version féminine de toi.

J'aimais son humour et cette joie dégoulinant de ses pores même lorsqu'il parlait d'un problème. Je lui enviais sa capacité à prendre la vie du bon côté et je me faisais la réflexion qu'un ami comme lui serait le bienvenu dans ma vie.

Alors que nous nous étions mis d'accord et nous préparions à retourner chez moi, David s'arrêta net. « Oh shit… Sorry, franglais, j'ai vécu trois ans à Londres, ça laisse des traces. Mec, si je te dis qu'on ne va pas pouvoir expérimenter notre première pyjama party, tu vas mal le prendre ? » Je levais un sourcil et un petit sourire se dessinait déjà au coin de mes lèvres, dans l'attente de la prochaine réplique de mon interlocuteur. « Il se pourrait que ma clé se soit malencontreusement glissée dans un trou présent dans ma poche… » En d'autres mots, il venait de la retrouver dans la doublure en glissant sa main dans la poche de son jean. Je secouai la tête en riant doucement et pris un air dramatique.

— Tant pis pour toi, mon clic-clac est vintage, il date des années 70 et tu n'en as jamais vu de tel. Mais puisque tu préfères ton lit, à ta guise.

— Je t'assure que c'est avec joie que j'aurais partagé cette nuit avec toi mais tu comprends, j'ai une petite amie toute mignonne qui me fait confiance. Je vais attendre au moins une semaine avant de te tomber dans les bras, ok ?

Si j'avais été une femme, je lui aurais sûrement dit « Je t'adore » en le serrant contre moi, tant je le trouvais extraordinaire. Son humour aurait probablement semblé lourd ou « too much » pour certains mais j'en étais totalement fan. Puisque je n'étais pas une de ces personnes manquant cruellement de confiance en elles, je ne m'inquiétais pas d'être assez bien pour que nous devenions amis. Je n'étais pas du genre à rendre ma vie plus alambiquée que nécessaire, et j'avais pour idée que l'amitié ne devait pas être compliquée.

Non, ça, c'était le rôle de l'amour. Je savais que je venais de faire une très belle rencontre et je me contentais d'espérer que notre relation dure car elle me promettait de très bons moments de rire. Je ne les méritais peut-être pas, mais j'en avais bien besoin et je comptais en profiter.

D'une poignée de main, David et moi nous séparâmes. Dans l'incapacité d'échanger nos numéros de téléphone, nous nous promîmes de nous retrouver à l'université le lendemain. J'avais hâte que la nuit passe. C'était la première fois depuis longtemps que je désirais voir le jour se lever sur moi.

Chapitre 5

« J'ai tellement peur qu'une autre personne prenne ma place dans ton cœur. Pire encore, j'ai peur que tu finisses par ressentir de l'amour pour quelqu'un qui n'est pas moi. »

Premier jour de cours, début d'une nouvelle vie. Ma rencontre avec David m'avait injecté une dose de positivité directement dans les veines et bien qu'ayant le cœur lourd, je me sentais prêt à affronter le monde. J'entamais ma première année en licence Lettres modernes et outre mon attachement pour ma langue natale, je n'avais encore aucune idée de ce que j'allais ensuite faire de ce diplôme, et donc des raisons qui m'avaient poussé à rejoindre cette filière. Contrairement à ma sœur, je ne possédais aucun talent particulier et je n'avais même pas la chance d'avoir une passion quelconque. Sarah savait depuis toujours ce qu'elle deviendrait, ou plutôt, je le savais. C'était une artiste, elle avait un don pour le dessin et j'espérais sincèrement qu'elle creuse dans cette voie. Ainsi, si elle pouvait être exposée un jour, je pourrais la sentir tout autour de moi sans honte, continuer à l'aimer à travers ses œuvres sans pour autant avoir besoin de son contact.

Mais j'ignorais si elle avait déjà décidé de son avenir et puisque je m'arrangeais pour ne pas répondre à ses messages ou ses appels depuis mon départ de Quimper, je doutais d'en apprendre plus un jour. C'était pour le mieux, je devais oublier et avancer. Ou plutôt, me faire oublier et ne surtout pas me mettre en travers de son chemin.

Je commençais ma journée en assistant à une sorte de présentation visant à nous familiariser avec l'université. Assez ennuyé par le manque d'action, j'en profitais pour discuter discrètement avec les gens autour de moi, et ma personnalité me permit de me créer rapidement un petit cercle. Ils avaient tous cette lueur dans les yeux qui me laissaient entendre que les fêtes se feraient en leur compagnie. Et si je n'étais pas venu pour ça, je ne niais pas qu'un peu de distraction serait la bienvenue. Ce fut avec le jeune homme près de moi, Marc, que je m'entendis le mieux. Je pus très rapidement le présenter en quelques mots : cool, drôle, prétentieux, dragueur, charmeur. Autant je n'aurais pas aimé le voir tourner autour de ma sœur – ou de n'importe quelle femme pour qui j'avais un minimum d'affection – comme il était en train de le faire avec la brunette à sa droite, autant en tant qu'homme, je le trouvais d'agréable compagnie. J'ignorais si nous serions amis, mais bon potes, ça c'était certain.

À la fin de l'événement soporifique, je réalisai que mon premier cours ne commencerait pas réellement aujourd'hui, mais demain. C'était probablement indiqué dans les papiers que je n'avais pas pris la peine de lire en détail. Je décidai de rester un peu plus longtemps dans les locaux pour me familiariser avec ma nouvelle université puis je me rendrai au cœur de Bordeaux pour faire ma carte de transport dans l'après-midi. Sans oublier les courses. Je ne pouvais pas éternellement me faire nourrir par la famille Nasri. Je saluais rapidement Marc et les autres en leur promettant de les revoir le lendemain. Je n'étais pas sûr pour tous, mais je savais que le tombeur était dans la même filière que moi et que nous nous reverrions fréquemment.

La tête plongée dans mes papiers, j'arpentais les couloirs à la recherche d'une de mes futures classes de cours lorsque je heurtai tout à coup une forme délicate. Je la rattrapai avant qu'elle ne tombe et m'excusai de manière bancale, encore étourdi par la collision. La forme gracieuse était en fait une petite jeune femme charmante aux courbes généreuses. Avant que je ne puisse en dire plus, j'entendis une voix qui m'était familière et me fit sourire immédiatement.

— Ta technique de drague n'est définitivement pas au point, mec.

— David !

J'étais vraiment heureux de le revoir. J'en oubliais presque la petite jeune femme.

— Nous les Bretons on a nos propres méthodes.

— Il va sûrement falloir les revoir je pense.

Nous nous mîmes à rire avant qu'il ne reprenne, toujours le sourire aux lèvres.

— Je te présente Kelia. Elle est en première année de licence Anglais. Oui Will, j'ai choisi l'anglais. Je me suis dit que j'allais choisir la facilité. Aucune idée de ce que je veux faire plus tard alors je vais étudier et y réfléchir !

Je ne pus réprimer un léger rire à la fois face à sa réponse mais aussi parce qu'il avait su comprendre mon regard, comme si nous nous connaissions depuis des années. Mon sourire resta fixé sur mes lèvres tandis que je saluai Kelia. Nous échangeâmes quelques politesses puis notre connaissance commune reprit.

— Alors, t'as prévu quoi pour aujourd'hui ?

— Si je te dis shopping je risque de perdre ton amitié ?

— Mais tu gagneras la mienne, répondit Kelia.

— Ça ira, mec, ça sera en échange de notre première nuit qui n'a finalement pas eu lieu à cause de moi.

Il me fit un clin d'œil et je me mis à rire face aux yeux écarquillés de la jolie brune présente.

— C'est une longue histoire mais non, nous ne sommes pas gays, lui dis-je en souriant.

— C'est rassurant.

Devais-je en déduire qu'elle avait des vues sur moi ? Bien sûr qu'elle en avait et je l'avais constaté dès les premières minutes. Est-ce que je la trouvais attirante ? Totalement. Objectivement, elle était divine. Mais elle n'était pas Sarah. Et alors que cela aurait dû m'inciter à aller vers elle, cela m'empêchait de visualiser un avenir pour nous deux. J'avais déjà essayé d'oublier mes sentiments en me plongeant dans une relation vide d'émotions, cela n'avait pas marché.

***

Quimper, 2005

Elle s'appelait Stéphanie mais tout le monde l'appelait Steph. Je n'aime pas parler mal des femmes, mais elle était connue pour coucher facilement. Je n'ai jamais su si la réputation était fondée et j'avais un peu de peine pour elle mais sans que cela m'empêche d'essayer de la mettre dans mon lit moi aussi. J'en avais besoin, il fallait que j'efface l'image de ma sœur et qu'importe que cela soit avec une Lucie, une Manon ou une Céline, n'importe qui aurait fait l'affaire. J'avais très peu d'estime pour moi-même et j'en avais encore moins pour les autres, je crois. Je vénérais Sarah mais ne montrais qu'indifférence et négligence envers les autres femmes. J'aimerais dire que j'avais honte, mais ce serait faux. Aujourd'hui, je regrette mais à ce moment-là, cela n'avait aucune sorte d'importance pour moi. Je n'étais rien et elles non plus.

Au cours d'une soirée un peu arrosée, Stéphanie et moi avons fini par nous isoler dans une des chambres de la maison. J'avais pas mal bu, je crois qu'elle aussi, je ne me souvenais même plus du nom de l'hôte de la soirée. Mais ça non plus cela n'avait pas d'importance, parce que tout ce que je voulais, c'était extérioriser, éliminer cette frustration sexuelle que j'accumulais depuis plus d'un an. Je n'étais pas vierge, j'avais découvert le plaisir charnel vers quatorze ans et jusqu'à cette passion ardente et interdite pour ma sœur, j'avais profité du corps féminin avec beaucoup de joie. Alors cette fois-là je n'étais pas mal à l'aise et je n'y suis pas allé en douceur. Son dos a violemment heurté la porte une fois fermée. Mais elle m'a dit que ce n'était pas grave, qu'elle aimait que je sois un peu brutal, que je la domine. J'espérais qu'elle ne me demande pas de la fesser, je n'étais définitivement pas dans ce délire et quand bien même, cela ne serait pas avec elle. Alors je la fis taire en l'embrassant plus sauvagement encore, appuyant mes hanches contre les siennes, l'immobilisant contre la porte, la rendant muette et immobile. Quelques boutons de ma chemise volèrent et son haut fut remonté au-dessus de ses seins afin que je puisse en prendre un en main. J'étais excité, j'avais envie de vomir. Elle avait la peau douce, ses lèvres irritaient les miennes. Je bandais, j'avais envie de pleurer. Mon corps la désirait mais ma tête n'était pas d'accord. Je voulais Sarah, je la voulais tellement à cet instant, que la mort me semblait plus douce que la vie sans elle.

Aussi brutalement que cela avait commencé, je mis fin à notre échange, essoufflé. Les mains de chaque côté de son visage, je baissais la tête pour fuir ses grands yeux surpris. Et, tel un fou, je murmurais, « Je ne peux pas, je suis désolé. Putain... Je suis désolé... » Elle n'a jamais su que je ne me sentais pas coupable pour cet événement, j'étais simplement navré d'exister. Je ne l'ai plus revue après ça, je n'ai plus revu personne à vrai dire. Mais si j'avais pu la croiser à nouveau, je lui aurais demandé pardon d'avoir été un homme misérable qui voulait se servir d'elle comme on utilise un objet, et je lui aurais conseillé d'avoir plus d'estime pour elle-même, de ne pas se donner à des perdus comme moi qui ne méritent pas de la goûter.

Ce soir-là, je ressentis le besoin de rentrer au plus vite. Il fallait que je retrouve l'odeur de ma sœur planant dans notre maison. Je devais la voir, la serrer dans mes bras, j'en avais tellement besoin à cet instant précis. Alors je m'exécutai, je quittai Stéphanie et les lieux, je partis en courant, en tombant parfois, je volai vers la maison. Et lorsque j'ouvris la porte, à bout de souffle, et que je trouvai Sarah dans la cuisine, je ne pus me contrôler. Je la pris dans mes bras, je la serrai si fort que je sentis son cœur battre contre le mien. Son corps contre moi, son souffle dans mon cou, ses mains sur mon dos, ses cheveux taquinant ma peau... c'était ça le bonheur pour moi. Alors je pleurai, je laissai les larmes glisser sur ses cheveux bruns et si elle le sentit, elle n'en dit jamais rien. Je l'aimais.

Bordeaux, 2006

Depuis ce jour, je me suis promis de ne plus me forcer et de ne surtout pas entraîner une innocente femme dans ma folie. Alors il m'était impossible d'envisager une quelconque relation ou aventure avec Kelia, rien d'autre que de l'amitié et peut-être un flirt léger. Elle méritait mieux, n'importe quelle femme méritait mieux que le déchet que j'étais devenu.

Chapitre 6

« Certains fous disent que le véritable amour c'est d'être heureux pour l'être aimé, même s'il est épris d'une autre personne. Ces gens n'ont sûrement jamais aimé avant. Il n'y a pas de pureté dans ce domaine, l'amour véritable c'est quand tu te bats et donnes tout ce que tu as pour avoir celui ou celle que tu aimes dans tes bras, tout près de toi. »

David, Kelia et moi avions finalement décidé de nous rendre en ville tous ensemble. La jeune femme avait grandi dans ce paysage et prit donc grand plaisir à être notre guide privé. Elle nous expliqua qu'un espace Tbc* se trouvait aux Quinconces – une place en centre-ville – et que ce même lieu était proche de la rue Sainte Catherine. Kelia nous annonça avec fierté que cette rue piétonne de plus de 1 000 mètres de long était la plus longue rue commerçante et piétonne d'Europe. Bien que n'étant pas fervent de shopping, j'étais impatient d'y mettre les pieds et de la découvrir.

**Tram et Bus de la Cub, réseau de transport en commun desservant Bordeaux Métropole, s'appelant aujourd'hui TBM.*

J'utilisais le dernier voyage de mon ticket pour faire le chemin inverse avec la ligne B et me rendre à l'arrêt Quinconces avec mes deux nouveaux amis. David semblait trop occupé avec son téléphone pour se soucier du paysage qui défilait devant nos yeux mais ce ne fût pas mon cas. Une fois encore, j'avais laissé cette machine de technologie à l'appartement. Je continuais à fuir les messages de Sarah et à éviter ses appels. Un jour ou l'autre, il faudrait bien que je l'affronte, c'était ma sœur après tout. Mais quand cela arriverait, j'espérais que mes sentiments aient disparu, qu'ils soient oubliés, complètement effacés. Ainsi, je pourrai redevenir un bon grand-frère et prétendre que rien de tout ça n'était réellement arrivé. J'effacerai les années d'amoralité, à tout jamais.

Après avoir admiré un moment l'architecture de Bordeaux – bien que n'ayant aucune connaissance dans le domaine – je relevai la tête pour voir Kelia s'éloigner et saluer deux jeunes femmes, probablement des amies. David eut le timing parfait. Il rangea son téléphone et vint se mettre à côté de moi.

— Elle est pas mal, hein ?

— Ouais, plus que pas mal en fait.

— Quelque chose me dit que tu lui plais.

— Quelque chose me dit que tu as raison, sans prétention.

— Alors tu attends quoi ?

— Ça ne va pas être possible, elle et moi.

Lorsqu'il s'apprêta à demander « Pourquoi ? », je lui jetai un regard mi-triste mi-dissuadant. Je fus ravi de constater qu'il comprit qu'il s'agissait d'un sujet sensible dont je n'étais pas encore prêt à parler. Je le remerciai intérieurement de ne pas insister. Il me donna simplement une tape sur l'épaule et se recula contre la barrière pour s'y appuyer avec nonchalance. La discussion était close.

Kelia revint vers nous et se posta à côté de moi, peut-être un peu trop près pour que cela soit naturel. Je lui offris un sourire charmeur qu'elle sembla apprécier tandis que j'observais du coin de l'œil David et son petit sourire en coin qui prétendait être captivé par le plan des différentes lignes de tram. Lorsque la voix féminine annonça « Quinconces », Kelia nous invita à la suivre et c'est ce que nous fîmes. Elle nous entraîna vers une sorte de cube de pierre et de verre abritant l'espace Tbc dont elle nous avait parlé. David et elle disposaient déjà de cartes de transport, je me pressais donc de demander la mienne pour ne pas les faire attendre trop longtemps. Quelques informations à donner, une photo prise sur le moment, un paiement, et le tour était joué. David plaisanta en annonçant « J'aurais payé cher pour avoir cette photo de toi » et comme chaque fois depuis notre rencontre, nous nous mîmes à rire. Je devinais au visage de Kelia qu'elle aurait elle aussi pu sortir la même phrase, mais sans humour. J'étais partagé quant aux sentiments naissants de la jeune femme. Je voyais bien que je lui plaisais et mon attitude ne l'en dissuadait pas. Devais-je lui expliquer dès maintenant que rien ne serait possible entre nous ? Était-ce le cas ? Peut-être qu'à son contact j'oublierai doucement Sarah et tomberai amoureux d'une Kelia à la place ? C'était bien pour ça que j'avais mis de la distance entre ma sœur et moi. Il était hors de question de profiter de ma nouvelle amie, il était clair que je n'entamerai aucune relation sans une longue discussion au préalable, mais pour le moment, je pouvais bien laisser les choses suivre leur rythme.

Pour rejoindre la célèbre rue Sainte Catherine, nous passâmes devant le Grand Théâtre de Bordeaux. Un édifice majestueux qui donnait un charme fou aux lieux. Juste à côté se trouvait l'entrée de la rue piétonne dans laquelle nous nous engageâmes. C'était un lundi après-midi et pourtant il y avait foule. J'étais impressionné et il semblait en être de même pour David. Nos yeux écarquillés firent sourire Kelia qui se glissa entre nous et posa sa main droite sur mon épaule et la gauche sur celle de David.

— Pas de panique les gars, aujourd'hui c'est plutôt calme.

— Calme ? questionna David. Qu'est-ce que c'est quand c'est animé alors…

— Je suis pas sûr d'être prêt psychologiquement à affronter cette foule.

J'étais sérieux, je ne savais pas si j'allais y arriver. Loin d'être agoraphobe, je n'appréciais pas que des inconnus soient trop près de moi. Question d'espace vital.

— Tu n'avais pas des choses à acheter ?

— Lui si, mais moi non. Alors je vais peut-être vous laisser et rentrer, plaisanta David.

— Soutiens-moi, mec, affrontons nos peurs ensemble.

Kelia secoua la tête et nous poussa vers l'avant. En dépit de nos plaintes, David et moi nous comportâmes correctement. Lorsque notre amie souhaitait entrer dans un magasin, nous l'attendions à l'extérieur patiemment et, tels les gamins que nous étions, nous lui faisions parfois des grimaces à travers la vitre pour l'embarrasser devant les autres clientes. Tellement bien qu'elle ne mit que cinq minutes à regarder les étalages de lingerie chez Etam. Ce qui tombait à pic car le meilleur ami de nos estomacs, McDonald, se trouvait juste en face. Nous nous y arrêtâmes pour manger un bout et décider de la suite.

— On vient à peine de commencer et je suis déjà fatigué. Je ne vais pas remonter toute la rue aujourd'hui, impossible. T'as besoin de quoi, mec ?

— Juste quelques livres, je pense ? Et de la bouffe, forcément.

— Kelia ?

— Moi ? Rien de particulier mais je ne résiste pas à l'envie d'entrer dans une boutique, c'est plus fort que moi. En tout cas pour les livres, ici, tu vas avoir la Fnac et Mollat. David et moi, on va devoir aller chez Mollat, c'est la plus grande librairie bordelaise et aussi une des seules à proposer des livres en version originale.

— Alors va pour Mollat, je ne suis pas compliqué. Et pour mes courses ?

— Il y a du choix mais je te conseille de reprendre le tram vers Mériadeck pour aller à Auchan.

— Affaire classée, les jeunes !

Et David classa l'affaire.

Je découvris un nouveau monde en passant les portes de la librairie Mollat. Kelia était particulièrement fière de nous faire découvrir cette enseigne et je comprenais pourquoi. Bordeaux pouvait se vanter de posséder son propre paradis livresque. « C'est la plus grande librairie indépendante française », nous annonça notre amie. Après la plus grande rue piétonne, voilà que mon nouveau chez moi possédait aussi la plus grande librairie indépendante. Je n'avais pas la folie des grandeurs mais j'étais enchanté de ces découvertes. Je sentais déjà l'excitation m'envahir en pensant au récit que j'allais partager avec Sarah, lorsque je réalisai que je n'allais rien dire parce que je prenais grand soin de l'éviter… Ce fut une douche froide et mon excitation retomba, mon sourire avec. Je perçus le regard inquiet de David et secouai la tête pour lui indiquer que tout allait bien. Je mentais, il le savait. Un jour ou l'autre, nous allions devoir en discuter.

Je tentai d'effacer mes pensées négatives et de profiter de la vision qui s'offrait à moi. Ce ne fut pas aussi compliqué que je l'imaginais et je me laissai emporter par la passion de Kelia. Elle semblait avoir un attachement très particulier pour ces objets de papier et je ne pouvais qu'approuver. J'adorais les mots et les livres en étaient remplis, alors comment ne pas les aimer ? Mais dans la famille, ma sœur était celle qui lisait le plus. Ma collection se comptait sur les dix doigts de la main car j'empruntais la plupart de mes lectures, tandis que Sarah entassait ses bouquins comme elle pouvait, manquant de place. D'une certaine manière, Ismet me faisait penser à elle quand elle était plus jeune, le caractère en moins.

À la pensée de mon jeune ami, je me mis en quête du rayon enfants à la recherche de quelques lectures qui pourraient lui plaire. Mais toutes me semblaient trop élémentaires. J'envisageais de regarder du côté des romans jeunesse mais j'avais peur de prendre quelque chose qui ne soit pas de son âge. Finalement, mon regard s'arrêta sur un livre de contes de Bretagne et je ne pus que sourire. Mon choix était fait, cela devait avoir un lien avec ma région natale. J'ajoutais quelques livres supplémentaires pour les enfants, sur le thème de la cuisine pour Naïma et sur le Moyen-Age pour Ismet. Je me promis d'acheter une bouteille de vin pour Achir en faisant mes courses tout à l'heure. Je devais bien ça à cette petite famille si accueillante avec moi.

Nous passâmes plus d'une heure dans la librairie puis David nous quitta, nos tramways n'allant pas dans la même direction. Kelia m'accompagna au magasin prétextant avoir quelques petites choses à acheter elle aussi. Mais je n'en étais pas convaincu. Sa manière d'être toujours en contact avec mon bras, mon épaule ou même ma jambe parfois lorsque nous étions assis dans le tram, me laissait penser qu'elle avait juste envie de prolonger l'instant. Alors je la laissai faire, la gratifiai de mes sourires, permis à ses doigts de s'accrocher à moi et laissai le temps agir sur moi. J'espérais que mon cœur tombe follement amoureux de ce petit bout de femme tellement séduisant, je le souhaitais sincèrement.

Chapitre 7

« Je ne parviens pas à me satisfaire d'un lien invisible, je veux t'emprisonner afin que tu ne puisses pas m'échapper. »

Au fil des jours, je me rapprochais de mon propriétaire et de ses enfants que je commençais à considérer comme ma famille. La fin de l'été avait été dure à Bordeaux mais l'automne fut particulièrement agréable. Je passais de plus en plus de temps en compagnie de David, dont l'amitié m'était devenue indispensable, et de Kelia, qui ne manquait pas d'afficher son attirance pour moi. Parfois, nous sortions avec d'autres camarades de nos promotions respectives, ainsi je parvenais tant bien que mal à vivre un semblant d'existence. Seule la solitude me replongeait dans ma souffrance alors je la fuyais comme la peste. Je sortais régulièrement, le plus souvent avec mes deux compagnons de fortune mais parfois seul ou avec d'autres gens, notamment avec Marc qui savait flairer les plus grosses soirées et s'y inviter sans même y connaître une âme. Une chose en entrainant une autre, j'étais devenu l'homme à inviter à toutes les soirées, celui qui boit sans se saouler, qui rit aux blagues des hommes et charme les femmes de ses sourires. Le Breton aux origines espagnoles qui en avait dans le crâne mais dont le cœur n'était pas à prendre. En effet, mon petit jeu ne les avait pas vraiment trompés. Mes comparses masculins me pensaient insensibles aux charmes féminins. Ils doutaient que je sois homosexuel, n'envisageaient pas l'asexualité et penchaient donc pour une incapacité à aimer. Et les femmes avaient une autre explication car il m'arrivait de me confier à elles lorsque le cœur m'en disait. Alors sans jamais prononcer son nom ou son statut, je leur racontais combien j'aimais cette petite femme aux cheveux longs, à quel point elle m'était vitale. Puis, je leur expliquais ma souffrance de ne pas être autorisé à l'aimer. Ces demoiselles savaient donc que j'étais capable d'aimer mais que mon âme appartenait déjà à une autre. Le problème, c'est que toutes pensaient que « l'autre » c'était Kelia… Ce malentendu posa quelques problèmes lorsque chacun décida de se transformer en cupidon.

C'est au cours d'une soirée étudiante banale que les choses prirent une tournure embarrassante. Tels des enfants de huit ans, l'assemblée avait décidé de m'enfermer avec Kelia dans une chambre, pour nous inciter à avancer dans notre relation. Je m'estimais heureux qu'ils aient choisi une chambre plutôt que le petit cellier que j'avais aperçu sous les escaliers. Ma peur des espaces confinés aurait pu me tuer considérant qu'ils nous avaient retenus prisonniers jusqu'au petit matin. Ils nous avaient tout bonnement oubliés.

Kelia et moi avons passé des heures à discuter de tout et de rien. J'appréciais notre relation, il était vraiment aisé et agréable de discuter avec elle. C'était une femme pleine d'esprit qui avait des opinions intéressantes sur divers sujets. Mais ce soir-là, nous savions tous les deux quelle était la question que nous fuyions et il allait pourtant falloir l'aborder.

— Tout le monde dit que tu es amoureux, qu'il y a une femme qui te rend fou. Certains disent que c'est moi, mais on sait tous les deux que ce n'est pas le cas.

— Kelia…

— Ne t'inquiète pas, Will, vraiment. Je sais depuis le début qu'il y a quelqu'un dans ton cœur. Je suis une femme, on voit ce genre de choses, surtout quand ça ne nous concerne pas. Mais je suis aussi ton amie et je ne comprends pas pourquoi tu ne me parles jamais d'elle ?

— Si ça peut te rassurer, je n'en ai jamais parlé à David non plus.

— Pourquoi ?

Parce que je suis amoureux de ma sœur, que c'est malsain, tabou, insensé et que je n'ai pas envie de perdre votre amitié ? Je ne pouvais bien évidemment pas être parfaitement honnête dans cette situation. Avec David peut-être, un jour, mais pas avec Kelia. Je ne voulais pas qu'elle voie ma faiblesse. Alors je répondis le classique « C'est compliqué » pour m'éviter des complications justement. Mon amie me laissa m'échapper avec cette réponse mais la nuit fut longue et les discussions variées, de plus en plus profondes et précises en fin de soirée.

— Cette fille, tu ne peux pas l'avoir ?

— Non.

— Donc, vous deux, c'est impossible ?

— Ouais, merci de me le rappeler.

— Désolée, Will, mais j'essaie de comprendre la situation.

— Y'a pas grand-chose à comprendre. Je suis amoureux d'une personne et je ne devrais pas l'être. Elle et moi n'avons aucun avenir commun sur le plan amoureux mais je n'arrive pas à me la sortir de la tête.

— Alors ne le fais pas.

— Quoi ?

— Tu n'es pas obligé de l'oublier pour aller de l'avant. Regarde, personne n'oublie les morts et pour autant les vivants n'arrêtent pas de vivre.

— Elle n'est pas morte, Kelia…

Une part de moi comprenait, l'autre lui en voulait d'utiliser la mort comme élément de comparaison. Imaginer Sarah morte était probablement la chose la plus douloureuse pour moi, juste avant le fait d'être né en étant son frère.

— Je sais, ne le prends pas mal, essaie de voir ça pour ce que c'est, une métaphore. Ce que je tente maladroitement de te dire, c'est que tu peux faire ton deuil amoureux au rythme qui te plaît, les gens qui t'aiment seront là pour te soutenir en chemin et certains seront prêts à te donner plus qu'une épaule pour pleurer.

Certains, comme elle. Je comprenais parfaitement ce qu'elle sous-entendait et sa main sur ma cuisse, si près de mon entre-jambe, était plus que claire. Venant d'une autre personne, j'y aurais simplement vu de la sollicitude, de la bonté et une forte amitié. Mais j'avais passé assez de temps avec Kelia pour comprendre qu'elle était prête à tout pour obtenir ce qu'elle voulait, et même à perdre un bout d'elle-même en chemin. Cela lui était égal que mon cœur ne soit pas à elle si elle pouvait commencer par avoir mon corps tout en gardant mon amitié. Elle était honnête et n'avait pas honte d'exprimer ses désirs, je ne l'en appréciais que davantage. Alors je posai ma main sur la sienne, me penchai à son oreille et murmurai un tendre « Je ne l'oublierai pas… », mes lèvres frôlant son lobe puis ses cheveux. L'alcool me donnait envie de goûter cette petite partie de peau juste en-dessous de son oreille, souvent une zone érogène pour l'être humain, mais j'avais peur de ne savoir m'arrêter avant de déraper. J'avais beau m'en priver, le contact humain et le sexe à l'état brut me manquaient cruellement. Cependant, je ne voulais pas d'un coup rapide avec Kelia, pas chez un autre, pas alcoolisé et pas comme ça. Elle avait beau m'implorer de manière détournée, elle méritait mieux et j'espérais pouvoir le lui donner un jour.

Chapitre 8

« Parle-moi tendrement, hurle-moi ton désaccord, murmure-moi tes sentiments, mais s'il te plaît, ne m'offre jamais le silence. J'aime bien trop ta voix pour ça. »

Noël arriva doucement et le froid s'installa également, me glaçant le sang en dépit de mon épaisse couche de vêtements. J'avais l'habitude de températures encore plus basses en Bretagne, mais je ne les avais jamais bien vécues et mon aversion du froid ne s'arrangeait pas à Bordeaux. Pour une ville du sud-ouest, je trouvais qu'il y faisait bien frais. Mais je ne détestais pas l'hiver tant que je pouvais le vivre depuis chez moi. L'ancienneté de mon studio compliquait les choses, cependant, observer la neige tomber à travers la grande fenêtre de mon appartement était un plaisir. L'ambiance ne parvint malheureusement pas à me faire oublier que Noël arrivait et que je détestais cette fête depuis quelques années. Comment aimer un événement familial quand tu n'as plus le sentiment d'avoir une famille ? Mon père n'était plus là, ma sœur n'était plus réellement ma sœur dans ma tête – à mon grand désespoir –, et si ma mère avait connaissance de mes horribles pensées, elle me renierait probablement. Je n'avais même pas de famille éloignée. Mes grands-parents n'étaient plus de ce monde, ma mère était fille unique et la sœur de mon père était une vieille fille que je n'avais rencontrée qu'à deux reprises dans mon enfance. J'étais seul et Noël ne s'annonçait pas aussi plaisant dans la solitude.

Cependant, même si je passais mes vacances à broyer du noir, le réveillon de Noël fut loin d'être triste. Comme j'aurais dû le prévoir, Achir m'invita à le passer avec ses enfants et lui. Ce fut un agréable moment au cours duquel je pus gâter toute la famille sans que mon propriétaire me demande de cesser de me ruiner pour eux. Il ne semblait pourtant pas dérangé de me nourrir au quotidien. J'étais le seul à ne pas avoir le droit de dépenser de l'argent pour eux, alors je me rattrapais à Noël. Je couvrais donc Achir et les enfants de cadeaux qui semblèrent leur plaire. J'avais utilisé une partie de l'héritage laissé par mon père pour offrir des cadeaux à mes proches, en Bretagne et ici à Bordeaux. Mais j'allais peut-être bientôt avoir un emploi à temps partiel, alors il me serait possible de remettre de côté ce que j'avais emprunté pour les fêtes.

Je racontais à Achir que l'oncle d'une camarade de classe tenait un Coffee Shop et cherchait quelqu'un pour l'aider. Sa nièce semblait trouver mon physique assez attractif pour compenser mon manque d'expérience et j'avais donc obtenu un entretien en début d'année. J'espérais que celui-ci se passe bien. Ce boulot me permettrait de vivre aisément sans toucher à l'argent de mon père, mais il me donnerait également une excuse pour ne pas rentrer pendant les vacances scolaires. C'était le plan parfait pour moi.

Alors que je m'apprêtais à regagner mon appartement, le ventre plein, Achir m'interpela. « Ta mère a appelé ! Ca m'était complètement sorti de la tête. Elle dit que tu ne réponds pas à ton téléphone, tu as un problème avec ? J'ai un ami qui s'y connaît, il peut te le réparer si tu veux. » Je masquai mon étonnement derrière un sourire et assurai à Achir que tout allait bien avec mon téléphone et que j'allais rappeler ma mère dès le lendemain.

Les jours avaient passé et les tentatives de Sarah de me contacter s'étaient espacées progressivement. Voyant que je ne prenais aucun de ses appels et ne répondais à aucun de ses messages, elle avait fait part de ses inquiétudes à ma mère qui avait trouvé le moyen de contacter Achir. Mais je n'étais pas sûr de pouvoir supporter d'entendre la voix de Sarah, j'allais en perdre l'esprit après des mois de conditionnement. Je décidai donc de passer un coup de fil le soir du nouvel an afin d'être certain que personne ne serait présent à la maison. Ma mère était souvent de service ce soir-là et Sarah allait probablement célébrer l'arrivée de la nouvelle année avec ses amis.

Cette pensée me dérangea car je la savais entourée de charmants jeunes hommes loin d'être insensibles à ses charmes… À presque dix-sept ans, ma sœur était une petite femme délicieuse à laquelle beaucoup trop voulaient goûter.

Je chassai cette pensée de mon esprit, essayant de me convaincre que c'était justement la meilleure chose qui puisse arriver afin que mon cœur accepte enfin la réalité. Puis je m'emparai de mon téléphone portable et composai un des deux seuls numéros encore en mémoire dans ma tête, celui de la maison. À la quatrième sonnerie, je préparai mentalement mon discours lorsque j'entendis le « Allo ? » essoufflé de Sarah. Mon cœur s'arrêta net et j'eus envie de pleurer instantanément. Sa voix mielleuse, sa respiration saccadée, l'innocence dans ses « Qui est à l'appareil ? » et la teinte d'espoir lorsqu'elle prononça avec douceur « Will, c'est toi ? » finirent de m'achever. Je me sentis vivant à l'écoute de sa voix mais j'eus envie de mourir dans le même temps. Je l'aimais tellement que ça en devenait insupportable.

— Will ?

Je réalisai soudain mon mutisme.

— Oui, c'est moi.

Je l'entendis soupirer de soulagement et les tremblements, bien que légers, dans sa voix me firent comprendre combien elle avait, elle aussi, souffert de mon absence. Mais comme à son habitude, elle préféra continuer l'air de rien.

— Joyeux Noël ! Tu as reçu nos cadeaux ?

— Ouais… Mais je n'ai pas encore eu le temps de les ouvrir.

— Comment ça pas le temps ? Ouvre-les maintenant !

J'étais parfaitement incapable de dire non à ma sœur alors j'attrapai les cadeaux et ouvrai celui de ma mère en premier. J'y trouvai une variété de spécialités bretonnes à partager avec mes amis. Je ne pus m'empêcher de sourire en voyant les divers médicaments accompagnant la nourriture. La santé était primordiale pour ma mère, l'infirmière combinée à la mère en faisait une femme redoutable à ce niveau. Je demandai à ma sœur de la remercier de ma part et lui promis d'en faire profiter la famille Nasri ainsi que David et Kelia. Je profitai de la mention pour lui parler un peu de mes voisins et de mes deux amis. Sarah me sembla sincèrement désireuse de les rencontrer un jour. J'aurais évidemment apprécié que cela soit possible…

J'ouvris ensuite le paquet de ma sœur et découvris une superbe peinture de l'Odet, la rivière le long de laquelle nous nous promenions souvent lorsque nous étions plus jeunes. Elle ne semblait avoir oublié aucun détail et un sentiment de nostalgie me frappa violemment. J'eus du mal à me retenir de pleurer lorsque j'aperçus la photo de nous deux, cinq ans plus tôt, sur l'un des ponts de ce même lieu. La fillette figée entourait le petit garçon de ses bras et dans cette étreinte chaleureuse, on ressentait le lien intense qui les unissait. Elle avait pris la peine de l'encadrer et de l'accompagner d'un simple mot « Pour que tu ne m'oublies pas ». Si elle savait, si elle savait combien je souhaitais l'oublier. Je la félicitai pour son talent, je la remerciai en retenant mes larmes et du bout des doigts, je touchai ces deux cadeaux qui m'étaient si précieux. De son côté, Sarah me raconta que notre mère et elle avaient reçu mon colis. J'avais acheté des choses variées au marché pour chacune d'elles ainsi qu'une écharpe immense pour ma mère qui prenait toujours soin de nous mais si peu d'elle. Quant à Sarah, j'avais eu la faiblesse de prendre un bijou qui m'avait immédiatement fait penser à elle. C'était idiot, il s'agissait d'un simple pendentif dont l'aigue-marine formait une sorte de toute petite perle emprisonnée et accrochée à sa fine chaîne d'or blanc. Je l'avais trouvé beau et y avait vu tant de sens cachés. Outre le fait que l'aigue-marine soit la pierre précieuse des natifs du mois de mars, le bleu m'a toujours fait penser à ma petite sœur. C'était sa couleur préférée lorsqu'elle était enfant et tandis que les amis de la famille s'acharnaient à lui offrir des jouets « de fille », roses, elle continuait à en réclamer des bleus. « Bleu comme le ciel, bleu comme l'océan, bleu comme tes yeux, grand frère » me soufflait-elle parfois.

Sarah me confia qu'elle le trouvait magnifique, qu'il lui rappelait justement la couleur de mes yeux – mon cœur se fissura un peu plus – et qu'elle ne le quitterait jamais. Elle en parlait comme si c'était le plus beau cadeau qu'elle ait jamais reçu et mon cœur se réchauffa.

— Tu me manques tellement, Will…

Sa voix n'était plus qu'un murmure douloureux auquel je répondis aussi faiblement.

— Je suis sincèrement désolé, Sarah…

— Ce n'est pas de ta faute. Je la sentis se reprendre et je la connaissais assez pour savoir qu'elle se forçait pour ne pas me peiner. Essaie juste de rentrer aux prochaines vacances !

— Je ferai au mieux, promis.

Mais je savais que c'était faux, je ne pourrais jamais rentrer en Bretagne, cela me tuerait de la revoir.

Sarah et moi restâmes au téléphone toute la nuit. Je lui demandais pourquoi elle n'était pas de sortie et elle m'expliquait que sa meilleure amie, Laura, avait la grippe, et qu'elle n'avait pas envie de faire la fête sans elle. De mon côté, David était rentré à Angoulême et j'évitais d'être seul avec Kelia pour le moment. C'était une mauvaise chose pour mes résolutions mais j'aimais rester au téléphone avec Sarah pendant des heures. Et lorsque j'entendis les douze coups de minuit retentir, je soufflais un « Bonne année Sarah… » auquel elle fit écho par un « Bonne année Will… » tout aussi faible que le mien. Nous raccrochâmes après que j'eus faussement promis de rester en contact. Allongé sur mon clic-clac, les yeux rivés au plafond, je rejouais en boucle la voix mélodieuse de ma sœur. Les muscles tendus, le front plissé, le souffle court, je ne pus ignorer plus longtemps le désir ayant coulé entre mes cuisses. Honteux mais désireux, je me pris en main et m'autorisai un plaisir interdit qui me fit mal jusqu'à m'en faire pleurer. Le pervers répugnant que j'étais fit offrande de larmes, sueur et liquide séminal à une année 2007 qui s'annonçait vengeresse à son égard.

Chapitre 9

« J'ai peur de me réveiller un matin et de réaliser que tu n'as en fait jamais existé. Je préfère souffrir que d'être victime de l'oubli ou l'indifférence. Ma peine prouve que tu vis vraiment. »

Je vivais mes derniers jours de vacances et les premiers de la nouvelle année. Et pour commencer en beauté, j'avais ce fameux entretien qui déciderait de mon avenir financier et de mon futur temps libre. J'avais donc choisi de mettre toutes les chances de mon côté avec une douche prolongée, un travail acharné – mais inutile – sur mes cheveux, et j'avais même pris le rôle d'un barbier temporaire pour retravailler mon visage. J'étais plutôt satisfait du changement, je me sentais différent avec cette barbe courte et entretenue, plus homme.

Je me rendis au Coffee Shop vers sept heures du matin. Celui-ci n'accueillait les clients qu'à partir de neuf heures mais je savais que le patron était seul et ne pouvait donc pas s'entretenir avec moi pendant les heures d'ouverture. Je fus surpris de me retrouver face à un homme si jeune, il ne devait pas avoir plus de trente ans. Son corps semblait parsemé de tatouages, ses vêtements étaient décontractés sans pour autant faire négligés et, en dépit de ce qu'on pourrait penser, il était propre sur lui et semblait apporter un soin tout particulier à son apparence. J'aimais ce genre de personne qui m'apparaissait comme épanouie et bien dans leur tête, je les enviais et les prenais pour modèles, inconsciemment.

Il se présenta sous le nom de Luke et m'invita à le tutoyer. Je me sentis automatiquement à l'aise en sa présence et j'écoutai attentivement son histoire. Il avait pu acheter le café grâce à une aide financière de sa grand-mère qui était aussi celle qui l'avait élevé. De ce fait, il avait un attachement particulier pour les lieux et tenait à ce que l'affaire marche. Mais, même s'il était célibataire à l'époque, il avait aujourd'hui une compagne qu'il espérait un jour épouser et celle-ci portait leur enfant. La naissance était prévue dans trois mois et il voulait pouvoir passer du temps avec son fils. C'était pour cette raison qu'il cherchait désespérément de l'aide pour la boutique. Il me posa diverses questions sur mes études, mes goûts et même mes fréquentations. C'était de la simple curiosité et sa manière d'apprendre à me connaître, alors je ne m'en offusquai pas. Mais lorsqu'il me demanda pourquoi je cherchais un travail, outre l'aspect financier, je restai muet. Il m'invita à être honnête et m'informa que c'était une qualité qu'il appréciait particulièrement chez les autres. Désireux de lui plaire en tant qu'être humain, je lui répondis « Je veux m'occuper l'esprit, ne plus avoir le temps de penser. Et si possible, avoir une excuse pour ne pas rentrer chez moi pendant les vacances scolaires. » Il m'observa longuement et je soutins son regard. Puis un sourire se dessina sur son visage. « Bienvenue ! J'espère que tu n'avais rien prévu après parce que tu commences aujourd'hui ! » J'étais aux anges et je ne croyais pourtant pas au paradis.

Au fil de la matinée, Luke me montra comment faire un café ou un milkshake, il m'expliqua comment fonctionnait la caisse et me parla un peu de son commerce. Entre deux clients, nous discutâmes de mes horaires et de mon salaire. Je n'étais pas contrariant, j'acceptais tout ce qu'il me proposait et heureusement pour moi c'était un bon patron qui n'essayait pas de profiter de moi.

Nous restâmes toute la journée au Coffee Shop afin que je sois formé et je constatai que la clientèle était principalement féminine. Je n'étais pas le seul à en avoir pris conscience. En fin de journée, la petite amie de Luke, Stéphanie, vint le rejoindre. Petite blonde décontractée, elle était plutôt fine pour une femme enceinte. Sans son ventre rebondi, je n'aurais jamais deviné qu'une vie grandissait en elle. Elle dégageait la même aura de bien-être que Luke et je l'appréciai donc aussitôt. Après un échange poli de salutations, elle soupira.

— Déjà que 70 % de la clientèle était féminine… Tu ne vas pas arranger mes affaires, jeune homme.

— Elles viennent pour Luke, c'est ça ? Je me disais bien que y'en avait pas mal comparé aux hommes.

— Tu vois ?! Luke dit que je me fais des idées mais non, les femmes viennent le reluquer. Ne le prends pas mal, Will, mais d'un point de vue stratégique il aurait dû embaucher une femme pour diversifier la clientèle. Ceci étant dit, je préfère le savoir avec toi. C'est juste qu'avec ce visage, tu vas nous attirer encore plus de filles.

— Tu penses pas que tu exagères, Steph ? Regarde mes clientes, elles sont toutes bien trop jeunes. Elles viennent juste parce que je sers des produits de qualité !

Stéphanie lui jeta un regard qui semblait dire « Sérieusement, tu y crois à ton baratin ? » et nous nous mîmes tous les trois à rire. La jeune femme avait beau se la jouer jalouse, elle semblait avoir une confiance aveugle en son partenaire et je leur enviais leur relation fusionnelle.

Lorsque je rentrai chez moi, j'étais trop fatigué pour faire quoi que ce soit. Je me jetai sur mon clic-clac après avoir mis un réveil et sombrai dans un lourd sommeil. C'était exactement pour ça que je voulais travailler, pour ne plus avoir le temps de pleurer mon amour impossible.

Chapitre 10

« Si je n'avais plus le temps de penser à toi, je sais que tu viendrais hanter mes nuits. »

Lorsque les cours reprirent à l'université, je n'eus plus le temps de rien. J'assistais à mes classes, puis j'allais travailler et je révisais entre deux. Mes amis semblaient s'inquiéter pour moi et être déçus de ne plus me voir autant qu'avant. Je n'avais plus vraiment le temps pour les soirées et honnêtement, je n'en avais plus tellement envie non plus depuis la dernière. Je redoutais les nouvelles idées farfelues qu'ils pourraient avoir pour me pousser dans les bras de Kelia. Je me plongeai donc dans mes deux activités principales et m'isolai peu à peu. David me manquait et le sentiment était réciproque. Assis tous les deux sur le banc de notre première rencontre, il m'en fit part.

— On te voit plus dernièrement.

— Je sais, avec le boulot j'ai plus vraiment le temps.

— Et t'es obligé de faire autant d'heures ou c'est encore un truc lié à un de tes secrets si mystérieux ?

Il m'offrit un léger sourire mais son réel désir, besoin de savoir, pouvait se lire sur son visage. Je lui cachais trop de choses depuis le début de notre relation et ça commençait à peser.

— Je suis désolé. C'est juste vraiment compliqué.

— Y'a pas de souci, me rassura-t-il. Tu peux garder tes petits secrets, mais t'éloigne pas comme ça, mec. Tu veux pas te vider l'esprit plutôt ? Changer d'air ?

— Ça serait avec plaisir mais je vois pas comment.

— Tu aimes les bandes dessinées ?

Je levai les sourcils, surpris par cette question inattendue, et restai perplexe devant son immense sourire entendu. Il m'expliqua alors qu'à la fin du mois se tenait le 34ème festival international de la bande dessinée d'Angoulême et qu'il s'y rendrait. Il m'invita à prendre part à ces quatre jours d'aventure imagée, et prévoyait d'en profiter pour me présenter sa « petite amie tellement parfaite que j'allais moi aussi en tomber amoureux » comme il le disait. J'étais sincèrement tenté par l'aventure mais autant manquer quelques cours me semblait réalisable, autant demander quatre jours à Luke même pas un mois après le début de mon contrat sonnait quelque peu incorrect. J'allais quand même essayer parce que j'avais vraiment envie de rencontrer Johanna, la petite amie de David. Il m'en parlait sans cesse et avait fini par attiser ma curiosité. Aussi, une virée entre hommes ne pourrait me faire que du bien.

Le soir même, je profitai de la fermeture du café et du nettoyage pour demander à Luke si ce projet de vacances était réalisable.

— Je peux te demander quelque chose ?

— Bien sûr, dis-moi.

— Je sais que c'est un peu tôt et je comprendrais que tu refuses, mais… un ami m'a invité à passer quelques jours chez lui à Angoulême afin d'assister au festival de la bande dessinée et…

— Non ?! Sérieux ?

— Heu, oui…

Je ne savais comment prendre l'excitation que je pouvais ressentir dans sa voix.

— Quelle chance ! J'y suis allé quand j'étais plus jeune mais depuis que j'ai le café je n'ai plus le temps de rien. Je tuerai pour y remettre les pieds !

— Amateur de bandes dessinées ?

— Plutôt de comics pour être honnête mais j'aime aussi les BD, les mangas et tout ce qui s'en rapproche de près ou de loin ! Appuyé sur son manche à balai, les yeux rêveurs, Luke me fit sourire. Trente ans ou pas, c'était toujours un gosse passionné. Il ferait un père tellement cool.

— Et du coup ?

Je le sortis de ses pensées.

— Excuse-moi. Oui, sans problème. Je suppose que c'est en fin de semaine ?

— Exactement.

— Ça ira alors. Les clients sont surtout des étudiants donc contrairement aux commerces classiques, j'ai plus de monde en semaine que le week-end. Et puis, j'ai tenu plusieurs mois sans toi alors même si tu m'es d'une très grande aide, je peux bien tenir quelques jours. Tu me revaudras ça quand Luke Junior sera là. »

Lorsque je plantai mon regard interrogateur dans le sien après avoir entendu le nom de son fils, il me jeta un torchon au visage en riant, « Bien sûr que non, je ne vais pas l'appeler comme ça ! Mais Steph n'arrive pas à se décider donc en attendant c'est Luke Junior ou mini Luke ». Nous nous mîmes à rire de bon cœur et le ménage se termina dans la joie. Mon patron était une personne unique et j'avais une certaine affection pour lui. Je m'attendais à ce qu'il ait lui aussi ses mauvais jours, et moi les miens, mais j'étais confiant, nous arriverions sans mal à nous remettre de toute altercation.

Ce soir-là, je rentrai chez moi le cœur léger. Je ne pensai pas à Sarah et remerciai son absence de messages ou coups de téléphone. J'allais passer quatre jours avec mon ami et j'étais tout excité à l'idée de ce séjour.

Chapitre 11

« Il y a toujours pire que nous, mais est-ce important ? Je n'ai pas le cœur à comparer mon malheur avec celui des autres. Je n'ai d'ailleurs pas le sentiment d'être à plaindre. J'ai la chance de connaître l'amour, le vrai, n'est-ce pas la plus grande joie qui puisse être éprouvée ? Je n'ai pas choisi de t'aimer mais si j'avais dû, je l'aurais sûrement fait. »

C'est en train que David et moi nous rendîmes dans la ville où il avait grandi, le mercredi soir. J'avais passé le permis avant de rejoindre Bordeaux mais je n'avais pas de voiture. Quant à mon ami, d'un an mon aîné – il avait redoublé une classe à cause de son déménagement à l'étranger – je supposais qu'il avait lui aussi son permis mais j'ignorais pourquoi il n'avait pas de véhicule. David avait beau vivre dans une résidence universitaire, il avait travaillé au noir sur les chantiers de son père pendant plusieurs années, pour apprendre la vie, qu'il disait. Il semblait avoir les moyens de s'en acheter une alors lorsque nous fûmes installés dans le train, je tentai de comprendre.

— Tu as le permis non ?

— Oui…

— Comment ça se fait que tu n'as pas de voiture ?

— Je ne conduis plus.

— Pourquoi ?

— Tu verras.

Il mit fin à une discussion qui venait à peine de commencer et lorsqu'il tourna son visage vers la fenêtre pour regarder le paysage défiler, je compris que comme moi, il avait certains secrets qu'il ne souhaitait pas partager. Mais contrairement à lui, j'allais pénétrer dans son passé en entrant dans sa maison, ainsi il allait devoir m'en dire plus. Je me sentis triste pour mon ami car je n'aurais pas aimé être forcé à lui parler de mes démons, mais paradoxalement, je supposai qu'il en était conscient lorsqu'il m'avait invité.

Après environ une heure de route, je posai les pieds dans une nouvelle ville française que je n'avais encore jamais vue. J'adorais voyager, même si j'avais eu peu d'occasions de le faire jusqu'ici, et j'étais excité comme un enfant qui va à Disneyland pour la première fois. Mon excitation fit rire David qui me donna un coup d'épaule alors que nous marchions pour rejoindre un homme qui, je supposais, était son père. Assez grand et musclé, mat de peau mais pas assez pour dire que mon ami tenait sa carnation de son paternel, les cheveux noirs et les yeux marrons, l'homme semblait ému de voir son fils. Il se retint cependant de le serrer trop longtemps dans ses bras, peut-être pour ne pas l'embarrasser devant moi, et lui tapota dans le dos avec tendresse. J'en étais certain, il s'agissait de son père. D'ailleurs, à bien y regarder, ils avaient le même regard joueur. L'homme me tendit la main en souriant.

— Tu dois être Will ?

— Bonjour, monsieur.

— Appelle-moi Eric. Je te souhaite la bienvenue dans notre ville !

— Je vous remercie… Eric. Et merci de m'accueillir chez vous.

J'avais quelques difficultés à l'appeler par son prénom. Mais c'était un truc de parents ça, ils se sentaient plus jeunes si on évitait les « Monsieur » et les « Madame ». Ma mère faisait pareil avec mes amis et ceux de ma sœur.

— Il n'y a pas de quoi.

Eric nous invita à le suivre et nous expliqua que sa femme était en train de faire la cuisine. Au visage mi-dégoûté mi-rieur de David, je devinais une piètre cuisinière qui tentait de faire au mieux pour m'accueillir et j'étais impatient de la rencontrer. Les deux hommes m'expliquèrent que son incapacité à préparer un simple plat de pâtes n'était pas liée à une absence de talent mais plus à un manque d'attention constant qui lui faisait oublier l'eau sur le feu ou confondre le sel et le sucre. Ils rirent en voyant mon visage inquiet et me rassurèrent en m'annonçant qu'un McDo se trouvait à quelques minutes de chez eux.

David et sa famille vivaient dans une très jolie maison de plain-pied, une grande bâtisse assez large pour accueillir une dizaine d'enfants. Eric m'expliqua qu'ils n'avaient pas toujours vécu ici et qu'ils avaient fait l'acquisition des lieux un an auparavant. On pouvait sentir la réussite professionnelle des parents de mon ami dans la taille de leur foyer mais pas dans la décoration. La famille Owen ne semblait pas être du genre à étaler sa fortune ou à dépenser outre mesure. Je m'interrogeai donc sur ce besoin d'acquérir une si grande demeure considérant que David était fils unique. Du moins c'était ce que j'avais toujours pensé… Lorsque deux jeunes hommes qui ne devaient pas avoir plus de dix ans, et que la génétique avait dotés du même visage, apparurent à l'entrée et se jetèrent dans les bras de mon ami, j'en déduisis qu'il avait en fait deux petits frères, des jumeaux. Les trois s'étreignirent chaleureusement, puis une fois le sentimentalisme passé, se mirent à se battre gentiment. Lorsqu'une femme à la peau noire et au sourire ravageur fit son apparition et imposa le silence, je n'eus aucun doute quant à son identité. David et ses frères étaient le portrait craché de leur mère, même s'ils avaient hérité des yeux et de la carrure de leur père. La mère de famille vint enlacer son fils tendrement, sa tête reposant sur sa poitrine avec douceur. Puis semblant s'empêcher de pleurer, elle m'enlaça aussi pour me souhaiter la bienvenue et par-dessus son épaule je vis David me dire silencieusement « Désolé, j'ai une famille tactile ». Honnêtement ? J'adorais ça, je me sentais comme à la maison et c'était un sentiment délicieux.

Alors que nous avancions dans la maison avec nos valises et que je m'apprêtais à dire à David qu'il aurait pu m'informer pour ses petits frères, celui-ci s'arrêta net à l'encolure de la porte et je faillis lui rentrer dedans. Je le vis soudain lâcher sa valise et se diriger vers une jeune femme sublime assise sur le canapé. Il s'agenouilla à côté d'elle et pris son visage entre ses mains avant de l'embrasser délicatement sur les lèvres. Johanna. Il n'avait pas menti, elle était magnifique. Ses longs cheveux blonds retombaient dans son dos et ses grands yeux verts étaient à se damner. J'étais complètement retourné, mais pas par sa beauté, par l'amour qui se dégageait de ce couple. Je n'avais jamais vu mon ami agir ainsi, il ne semblait pouvoir se détacher d'elle. Agenouillé devant elle, ses lèvres sur sa joue, sa tempe, ses doigts dans ses cheveux blonds… C'était comme s'il ne pouvait en avoir assez d'elle et je comprenais bien le sentiment même s'il m'était impossible de le contenter. Ils étaient magnifiques et je les enviais.

Lorsqu'enfin David se redressa et se tourna vers moi pour me dire « Je te présente Johanna, l'amour de ma vie » je m'avançai vers eux en souriant. Je m'attendais à ce que la jeune femme se lève pour les salutations mais lorsque je fus à moins de deux mètres, j'aperçus le fauteuil roulant près du canapé et je compris. La petite fleur de la famille ne marchait plus.

***

J'avais fait de mon mieux pour saluer chaleureusement Johanna mais mon embarras avait été ressenti par le couple. La jeune femme ne m'en tint pas rigueur et je devinai une habitude, voire lassitude, liée à ce genre de comportement. Je n'avais pas su faire abstraction et agir de manière naturelle et je m'en voulais terriblement.

— Je suis désolé, David.

Mon ami s'arrêta dans le couloir et se retourna pour m'interroger du regard. Il prit probablement pitié de moi et m'offrit un doux sourire qui me donna envie de pleurer. Je me sentais misérable.

— C'est moi qui suis désolé. J'aurais dû te prévenir. Je t'ai vendu une petite amie de rêve et Johanna n'est probablement pas ce à quoi tu t'attendais.

Il marqua une courte pause puis reprit.

— Ne te méprends pas, je la trouve parfaite, j'en suis fou amoureux et je lui offrirais la lune si elle me le demandait, mais je t'ai volontairement caché son handicap.

— Pourquoi ?

— La première fois c'était parce que je ne te connaissais pas et j'avais peur que tu n'aies que de la pitié à m'offrir. Puis ensuite, je n'ai plus trouvé le courage d'être honnête.

Je le comprenais. Il m'arrivait souvent de vouloir lui dire, de me confier à lui concernant mes sentiment pour Sarah, ma vie, mes péchés, tout. Mais je ne trouvais jamais la force de le faire.

David reprit sa route jusqu'à ouvrir la porte d'une chambre au décor épuré et apaisant. Il posa ma valise sur le lit et se dirigea vers la fenêtre.

— Tu sais, je parle beaucoup de toi à Johanna. C'est elle qui a voulu te rencontrer et c'est pour ça que je t'ai invité. J'aimerais beaucoup que tu t'entendes avec elle, tu es un ami précieux.

Je me sentis vraiment touché par ses mots et j'en restai muet d'émotion. Puis j'approchai de mon ami et posai ma main sur son épaule tandis que son regard restait perdu à travers la fenêtre.

— Je l'aime à mourir, Will. Elle est toute ma vie.

Je compris à ces mots dits et ceux retenus toute l'ampleur des sentiments de David. Je savais qu'il avait encore des choses à me confier mais pas aujourd'hui. C'était trop pour une journée, trop pour son cœur blessé.

Chapitre 12

« Je ne veux pas tourner la page. J'aime ce livre dont nous sommes les héros. »

Ce soir-là, je n'avais cessé de penser à Sarah. Et, lorsqu'enfin j'avais réussi à m'endormir, j'avais fait un cauchemar dans lequel son visage était flou par endroit et j'avais cette peur terrible d'oublier ses traits. Je me réveillai en sueur, la boule au ventre et l'envie de régurgiter le repas de la veille pointa le bout de son nez. Les plats préparés par Nadia, la mère de David, n'étaient d'ailleurs pas mauvais du tout. Toute la famille en fut surprise et comme cela semblait être une première, je refusais de vider le contenu de mon estomac et de prendre le risque de la vexer. J'ouvris la fenêtre et laissai l'air frais me caresser le visage. Les températures étaient basses en cette période de l'année mais j'avais le corps bouillant et un rhume me sembla plus supportable que ce sentiment d'étouffer et ce poing serrant mon cœur de toutes ses forces.

Quelques minutes plus tard, j'entendis frapper doucement à la porte et je vis apparaître le visage de la maîtresse des lieux. Un plateau dans les mains, elle fit le tour du lit et déposa une tasse fumante sur la table de nuit. Puis elle s'assit sur le matelas et le tapota de la main pour m'inviter à la rejoindre. Vêtu d'un simple pantalon de toile j'aurais dû me sentir mal à l'aise, mais ma presque nudité ne me sembla pas importante. Nadia était une maman, celle de mon ami, et en tant que telle, elle perdait son statut de femme à mes yeux. Cela aurait dû être le même principe avec Sarah, plus encore. Elle était ma sœur et je n'aurais jamais dû pouvoir la voir autrement. Alors à quel moment avais-je franchi les frontières de l'interdit et pour quelle raison ? Pourquoi mes amis grimaçaient-ils chaque fois qu'on leur faisait remarquer la beauté de leur sœur quand moi j'en étais fier et partageais le sentiment global ? Et surtout, pourquoi n'avais-je aucune envie que cela change ? J'avais beau m'être éloigné, avoir traversé la France pour ne pas céder à cette douce tentation, je ne faisais aucun réel effort pour passer à autre chose. Je n'en ressentais pas l'envie. Je l'aimais et je savais que personne au monde ne pourrait l'aimer autant que moi. J'étais l'homme qu'il lui fallait mais je n'étais pas né dans le bon corps. J'étais comme un fumeur invétéré qui avait conscience des effets nocifs de son tabac mais ne tentait pas d'arrêter car il aimait trop le sentiment que lui apportait la nicotine. Sarah était ma drogue et je n'avais aucune envie de me désintoxiquer. Cela ne m'empêchait pas d'avoir honte, et sous le regard bienveillant de Nadia, j'eus envie de pleurer. J'avais l'impression idiote qu'elle savait, qu'elle avait connaissance de tous mes péchés et le fait qu'elle ne me juge pas était peut-être encore plus douloureux.

Je m'installai à côté d'elle et sans savoir si j'étais trop faible ou simplement encore endormi, je me jetai dans ses bras. J'aurais pu la briser de mes mains, cette petite femme au corps fragile, mais sa force d'esprit aurait écrasé un titan et je la ressentis dans son étreinte. Je me mis alors à pleurer sans pouvoir m'en empêcher et elle me laissa faire tout en me caressant les cheveux avec douceur. J'eus le sentiment d'être bercé comme un enfant et ce jusqu'à ce que Morphée me prenne finalement dans ses bras.

Lorsque je me réveillai le lendemain, je me sentis plus léger. Je souris en voyant la tasse de thé encore pleine, posée sur le plateau qui était resté sur la table de nuit. Je décidai de remercier Nadia en autorisant uniquement la joie à prendre possession de moi. Toute la journée, j'allais être de compagnie exquise, je m'en fis la promesse. Je rejoignis la famille Owen après avoir pris le temps de passer un t-shirt et j'adressai un hochement de tête discret à la mère de famille. À peine installé à table, les jumeaux me bombardèrent de questions. Ils voulurent savoir d'où je venais, comment j'avais connu leur grand frère, si j'allais rester longtemps, ce que je comptais faire plus tard… Trop d'énergie de bon matin. Eric leur demanda de se calmer un peu et j'en profitais pour l'interroger sur mon ami et sa petite amie.

— David et Johanna dorment encore ?

— Non, David aide Johanna à se préparer. Ils ne devraient pas tarder à descendre, répondit Nadia.

Je brûlais de poser des questions concernant la situation de la jeune femme mais je savais que ce n'était pas correct. La maîtresse de maison posa une main réconfortante sur mon épaule et, une fois de plus, je me sentis comme un enfant victime de la tendresse de sa mère.

— Sois patient, Will. Tu comptes beaucoup pour David, il finira par te parler. C'est juste un peu compliqué.

Je hochais la tête pour montrer que j'approuvais les dires d'Eric, mais cela ne m'empêchait pas d'être désireux d'en savoir plus. J'étais néanmoins touché que mon ami ait parlé de moi à ses parents. Il avait dû le faire à de nombreuses reprises pour qu'ils en arrivent à la conclusion que j'avais beaucoup d'importance pour lui. J'en étais vraiment heureux car le sentiment était réciproque.

Finalement, Johanna entra dans la cuisine, poussée par David. Elle semblait apporter avec elle une brise de fraîcheur et je comprenais sans mal l'attirance qu'avait pu ressentir mon ami à son égard. Ils me saluèrent tous les deux avec le sourire et prirent place autour de la table. Le petit déjeuner fut animé avec Thomas et Lucas qui assaillirent leur frère de questions variées, pire que mon propre interrogatoire quelques minutes plus tôt. À côté de moi, Johanna souriait avec tendresse et je devinais tout son amour pour cette famille qui était aussi la sienne. Prise dans l'échange verbal, elle fit tomber sa cuillère. Je me penchai immédiatement pour la rattraper mais elle eut malheureusement la même idée et nos têtes se heurtèrent violemment. Alors que je tentais de m'excuser, elle se mit à rire à gorge déployée. Je fis alors de même puis continuant sur la touche d'humour qui animait la table, je m'inclinais légèrement.

— Madame, laissez-moi ramasser cette petite cuillère. Puisqu'elle vous a fait l'affront de fuir vos doigts délicats, permettez-moi de la châtier en la frottant violemment d'un torchon puis en la plongeant dans l'eau glaciale.

Johanna porta la main à sa bouche et prit un air faussement choqué tandis que les jumeaux riaient aux éclats. J'aperçus ensuite le sourire tendre de David qui regardait sa bien-aimée comme si elle n'avait jamais été aussi belle qu'à cet instant. Il en était fou et juste le regarder était trop pour mon cœur.

— Monsieur, j'apprécie votre sollicitude mais je ne saurais être si cruelle. Remettez-moi cette petite cuillère qui ne recevra qu'un coup de serviette en punition.

— Vos désirs sont des ordres, Madame.

Toujours en souriant, je lui remis sa cuillère et lorsque les enfants applaudirent, nous nous inclinâmes tant bien que mal. Le petit déjeuner se termina ainsi, avec joie et bonne humeur et j'espérais que la journée suivrait la même ligne de conduite jusqu'au bout.

Alors que je terminais de m'habiller après avoir pris une douche, j'entendis frapper à ma porte. David entra une main sur les yeux.

— Es-tu dans une tenue décente ? Je ne voudrais pas me brûler les yeux !

— Comment oses-tu ? Après tout ce que nous avons vécu ensemble ?

— Shhhh ! Si Johanna t'entend, je suis mort.

Il découvrit ses yeux et vint s'appuyer avec nonchalance contre le rebord de la fenêtre. Les mains dans les poches, un léger sourire dessiné sur ses lèvres et le regard perdu, je le laissai un instant dans ses pensées avant de le ramener à moi.

— Tu voulais quelque chose ?

Il sortit immédiatement de sa rêverie et leva un regard surpris sur moi. Lorsqu'il réalisa enfin qu'il était venu me voir pour une raison, il reprit.

— Désolé, la simple mention de Johanna me fait planer. Mais ouais, je venais voir où t'en étais. Mon père va nous déposer au festival avant d'aller travailler.

— Je suis prêt ! Tu penses qu'il y aura du monde ?

— J'en suis même sûr, mec. Mais moins que le week-end. C'est pour ça qu'on y va aujourd'hui. Samedi et dimanche seront de grosses journées alors affrontons le vendredi en premier et si on n'en a pas eu assez, on y retournera.

— Ça me va !

David et moi nous tapâmes dans la main à la manière de deux adolescents et rejoignîmes Eric au salon. Lorsque je vis mon ami embrasser sa petite amie et lui dire « À ce soir », je compris qu'elle ne viendrait pas avec nous. Ma première déduction fut que son fauteuil roulant serait trop contraignant mais je savais la plupart des conventions adaptées aux personnes à mobilité réduite. Finalement, lorsque Johanna remarqua l'interrogation qui s'était peinte sur mon visage, elle répondit à ma question muette.

— J'ai un rendez-vous médical aujourd'hui et je vais voir ma grand-mère ensuite. Je te laisse David pour la journée et même pour la nuit. Mais j'exige qu'il me soit rendu en état !

Je souris et tel un chevalier, je m'inclinais devant elle.

— Soyez sûre qu'il en sera fait selon vos désirs, Madame.

David embrassa une dernière fois celle qui semblait être la femme de sa vie et, d'un bras autour de mes épaules, m'entraîna vers une journée dans l'univers de la bande dessinée.

Chapitre 13

« Un jour ou l'autre nous devrons en parler. Je serai dans l'obligation de te dire combien je t'aime. Auras-tu le courage de m'abandonner ? »

C'est sous la neige que nous arrivâmes au festival et mon cœur d'enfant en fut encore plus heureux. La météo n'était peut-être pas favorable pour tous mais elle me plaisait. Le froid me rappelait ma Bretagne et Sarah qui posait toujours ses pieds gelés sur mes jambes dénudées, simplement pour se réchauffer. David m'expliqua que les sites avaient été regroupés comme l'année précédente, contrairement à celles d'avant où ils étaient plus éparpillés dans la ville ce qui rendait les choses plus compliquées. Lorsque nous pénétrâmes dans le bâtiment, je fus émerveillé par la fréquentation des lieux qui était bien plus dense que ce que j'avais imaginé. Un souffle chaud vint me frapper au visage et la différence de température fut brutale. David et moi nous dépouillâmes à la hâte de nos manteaux puis commençâmes notre visite. Un véritable paradis de la bande dessinée. Nous découvrîmes petit à petit qu'il y avait différentes expositions, notamment une du célèbre Hergé dont j'avais lu 'Tintin', comme la plupart des garçons de ma génération. Mais ce fut loin d'être la plus captivante. L'exposition 'Comics World' et son concept obscur m'avaient totalement envoûté. Au fil de notre visite, nous avons pu voir des auteurs dont nous ignorions le nom dessiner et dédicacer pour leurs fans, de grands étalages de bandes dessinées séparées entre chaque éditeur ainsi que des expositions variées. C'était un moment fort agréable mais peut-être un peu oppressant pour une personne comme moi qui avait besoin d'un large espace pour bien respirer. J'en profitais néanmoins pour acheter quelques cadeaux à ceux que je retrouverai à Bordeaux dans quelques jours. Des bandes dessinées, oui, mais aussi des affiches et autres produits dérivés. Enfin, lorsque les douze coups de midi retentirent, David et moi nous fîmes un chemin pour regagner la sortie afin d'aller acheter quelque chose à l'extérieur et manger en paix.

Une fois installés dans une petite brasserie du coin dont la clientèle ne pouvait définitivement pas être attirée par la décoration, nous nous mîmes à discuter de la suite de notre week-end prolongé.

— Qu'est-ce qui diffère les jours suivants ? demandai-je curieux.

— Il me semble que seuls les auteurs présents en dédicaces changent mais je n'en suis pas certain. Il y a aussi une remise de prix si mes souvenirs sont bons. Je n'en suis pas sûr, la dernière fois que je suis venu remonte à plusieurs années.

Je hochai la tête et repris ma dégustation. Un silence s'installa entre nous et il fut pesant car chaque pause, chaque souffle trahissait nos pensées. Nous savions que nous allions devoir discuter mais aucun de nous n'avait envie de faire le premier pas. Je n'osais pas être indiscret et David n'avait peut-être pas le courage de se confier à moi. Mais après quelques minutes sans dire un mot, il souffla « On discutera ce soir… » à voix basse et je ne pus qu'acquiescer.

L'après-midi se déroula aussi bien que la mâtinée et nous fîmes abstraction de la lourde discussion qui nous attendrait à notre retour pour profiter des différentes activités. Lorsque nous passâmes devant un mur de papier où certains avaient déjà commencé à gribouiller, nous décidâmes de laisser notre marque. Je dessinai un lapin cartoon, unique œuvre dont j'étais capable, et David, lui, offrit un personnage amusant, une rose à la bouche. J'ajoutai des écritures à côté de son dessin et lui au-dessus du mien puis nous laissâmes la place aux autres visiteurs afin de nous rendre au spectacle « Concert de dessins : Duel » qui réunissait de nombreux auteurs, dont Zep. Toutes ces personnes nous offrirent une performance vivante au cours de laquelle nous avons pu assister en direct à la création d'une bande dessinée. Le tout sur une touche de musique originale pour apporter un plus à la représentation. Puis, nous avons continué notre visite jusqu'à ce que nos pieds ne puissent plus supporter notre poids. Nous décidâmes alors de prendre quelque chose à boire et de nous poser en extérieur en attendant le père de David. Par chance, celui-ci ne tarda pas et bien que fatigues, nous rentrâmes heureux de cette journée. Je doutais que nous y retournions les deux prochains jours mais l'expérience avait été enrichissante et je rentrais chargé de cadeaux pour ma famille d'adoption ainsi que mon patron et sa propre famille. J'avais également pris un petit quelque chose pour Kelia et je n'avais pas pu m'empêcher d'acheter une illustration pour Sarah. Il s'agissait d'une œuvre d'Isabelle Dethan. Notre mère, passionnée par l'Egypte, avait plusieurs de ses albums et ma sœur avait fini par beaucoup s'attacher au travail de l'auteure. Et puisque tout ce qui pouvait faire sourire Sarah me faisait plaisir, j'avais eu la faiblesse de lui prendre un des articles vendus sur place.

Arrivés devant la maison, Eric ne coupa pas le moteur et nous souhaita une « Bonne soirée ». Je descendis, perlexe, et vis Nadia approcher la voiture, excitée comme une jeune fille qui va à son premier rendez-vous. Elle nous embrassa chacun sur la joue avant de monter dans la voiture et de descendre la vitre pour nous adresser quelques mots.

— J'ai laissé de l'argent sur le meuble de l'entrée. Commandez-vous des pizzas ou ce que vous voulez. On ne rentrera pas trop tard !

David et moi nous regardâmes, les sourcils mi-froncés mi-relevés, totalement confus. Notre bonne éducation nous obligea à leur souhaiter une bonne soirée et nous restâmes figés un instant sur le pas de la porte. Nous eûmes l'impression d'être un jeune couple à qui on avait laissé la maison pour quelques moments intimes. C'était déroutant, mais amusant. De toute évidence, mon ami n'avait pas non plus été informé du programme. Mais une fois la surprise passée, il haussa les épaules et nous nous réfugiâmes dans la chaleur de la maison. Ce soir nous étions seuls et nous allions devoir discuter.

Chapitre 14

« Je continuerai à faire de toi mon secret. Ma jalousie est telle que je refuse de prendre le risque qu'une autre personne fasse le constat de ta perfection. »

Sans qu'aucun mot ne soit échangé, nous décidâmes de manger tranquillement devant la télévision avant de nous lancer dans cette discussion que nous redoutions tant. Lui, parce qu'il allait devoir s'ouvrir, moi, parce que j'avais peur de ne pas réussir à être le soutien dont il avait besoin. Mais lorsqu'il ne resta plus une miette de notre repas, quand la bouteille de soda fut vidée, que toutes les publicités se répétèrent, David n'eut pas d'autre choix que de parler.

— Je suis avec Johanna depuis cinq ans. J'avais quinze ans et je revenais en France après avoir vécu à Londres. C'était ma première journée au lycée, une toute nouvelle vie. Je ne suis pas du genre timide mais franchement j'avais un peu peur. Le petit nouveau qui a encore du mal à trouver ses mots, l'anglais venant naturellement, et ces jeunes qui sont loin d'être tous des anges…

Je hochai la tête mais restai silencieux. Installés confortablement dans le canapé, nous étions partis pour une discussion intense. Je me demandais si David avait été bizuté à l'école et il répondit rapidement à ma question muette.

— Je n'étais pas intégré mais pas au point d'être chahuté. Disons simplement que les groupes étaient déjà formés depuis le collège et je n'appartenais à aucun. Chacun reste avec sa meute, moi j'étais un oméga, je faisais cavalier seul.

Il m'adressa un sourire en coin, fier de sa métaphore et je lui en offris un en retour. David avait besoin de courage. Il avait beau être sur le point de me raconter des jours heureux avec Johanna, pour commencer, il connaissait la fin de l'histoire et elle avait quatre roues.

— Du coup, je restais dans mon coin et ça me convenait. Mais apparemment, ça n'allait pas à Johanna. Elle était déléguée de classe, intelligente, intègre et avait un grand cœur, mais c'était également la plus belle fille du lycée, objectivement.

Cette fois, il sourit franchement pour appuyer l'ironie de sa soi-disant objectivité.

— Elle m'a abordé, simplement. Elle m'a demandé où j'avais vécu, ce que j'aimais, pourquoi j'étais revenu en France, ce que je voulais faire plus tard… Elle avait envie de me connaître et j'aurais fait n'importe quoi pour passer plus de temps en sa compagnie. Je la voyais au lycée, puis parfois en dehors pour l'aider à améliorer son anglais, un jour on est sorti ensemble et puis de fil en aiguille j'ai réussi à la faire succomber à mon charme. Elle est tombée amoureuse de moi.

— Et toi d'elle.

— Moi je l'étais dès le premier instant, ça ne compte pas.

Après de longues minutes à me raconter leur belle histoire d'amour, ce qu'elle aimait, combien elle était magnifique et incroyable et tous les compliments du monde, il marqua une pause et je devinai qu'il allait aborder la partie la plus difficile pour lui. Il inspira un grand coup, posa les avant-bras sur ses jambes et baissa la tête.

— J'ai eu mon permis il y a deux ans, à dix-huit ans, comme pas mal de jeunes de notre âge. Comme j'avais un peu d'argent de côté après avoir travaillé au noir avec mon père, j'ai décidé d'emmener Johanna en week-end dans ma toute nouvelle voiture. Elle voulait voir l'océan, je voulais la voir heureuse. Alors j'ai préparé la surprise et le vendredi soir, nous sommes partis en amoureux.

Je sentis sa respiration devenir plus laborieuse, ses doigts se crispèrent et il commença à s'agiter et à parler plus vite.

— Il faisait nuit, je pensais que ça irait, je ne voulais pas perdre de temps pour qu'on puisse en profiter au maximum. Mais j'ai respecté la limitation, j'ai fait attention. Et puis cette bête a traversé, une énorme masse noire, un putain de sanglier que j'ai pas pu éviter… Le choc aurait pu nous tuer tous les deux mais je l'ai pas pris de face alors ça nous a juste envoyés sur le bas-côté.

Il marqua une nouvelle pause, sa jambe tremblait et je devinais les larmes dans ses yeux. Je ne savais que faire pour le soutenir, pour l'aider.

— Merde… Je pensais que ça irait…

— David, tu n'es pas obligé…

— Si, si…

Je posai ma main sur son épaule pour essayer de lui donner du courage. Mon ami se prit la tête dans les mains et continua faiblement. J'entendais presque son cœur battre à tout rompre.

— J'ai percuté un arbre, le côté passager a été embouti violemment… Il y avait du sang partout sur ses jambes, des plaies sur ses bras et son magnifique visage. Elle ne répondait plus et j'étais trop faible pour me détacher et la sortir de là.

Cette fois il pleurait vraiment et moi avec. Je le pris dans mes bras et tant pis si ce n'était pas viril. À cet instant, mon ami était tel un enfant et il avait besoin de réconfort. Je lui murmurai de se calmer, de ne pas en dire plus mais il continua.

— Je ne sais pas combien de temps on est restés là, elle évanouie et moi trop faible pour faire quoi que ce soit. C'était l'enfer, pire qu'un cauchemar. J'ai cru que j'allais mourir mais surtout, j'ai cru qu'elle était morte…

Je le berçai plusieurs minutes jusqu'à ce qu'il se calme. Il reprit doucement son souffle et nous nous détachâmes. J'attrapai son verre que je lui tendis et qu'il accepta sans oser me regarder. Et après plusieurs minutes à reprendre contenance, il continua son récit, un peu plus calmement.

— Comme tu t'en doutes, Johanna a perdu l'usage de ses jambes à la suite de cet accident, et je n'ai plus jamais conduit. J'ai été dévasté, plus encore qu'elle ne l'était. Je m'en veux de ne pas avoir pu la soutenir, elle a toujours été la plus forte de nous deux… Mes parents ont acheté cette maison après l'accident, pour qu'elle puisse aisément s'y déplacer en fauteuil roulant. Elle vit ici avec nous, ses parents sont morts dans un accident de voiture quand elle n'était encore qu'un bébé. Quelle ironie… C'est sa grand-mère maternelle qui s'est occupée d'elle jusqu'à sa majorité, jusqu'à ce qu'elle vienne vivre avec nous.

Je comprenais mieux. Tout à coup tout s'éclairait, mais je n'en étais pas heureux pour autant. J'aurais préféré rester ignorant si cela avait pu permettre une histoire moins triste pour David et Johanna. Pourtant, le passé ne pouvait être refait et si eux vivaient avec, je n'avais aucune raison de ne pas m'habituer à l'idée. Mais cela ne m'empêcha pas de me prendre l'injustice de notre monde en plein visage.

Après cette intense discussion, mon ami m'a dit avoir besoin d'un peu de temps pour reprendre ses esprits. J'ai acquiescé en silence et j'ai plongé mon regard vide dans la télé. Il est revenu quelques minutes plus tard, rafraîchi, et j'en ai déduit qu'il était sorti prendre l'air. Le sourire aux lèvres, il s'est réinstallé à côté de moi et je me demandais comment sa bouche pouvait se retrousser lorsque la ligne de la mienne était serrée, incapable d'encaisser.

— Will… Il ne faut pas que ça te mette dans cet état. Johanna et moi avons eu presque deux ans pour nous habituer à la situation et même si nous aimerions qu'elle puisse marcher à nouveau, nous savons que cela n'arrivera pas. Alors nous en avons pris notre partie.

— Mais au quotidien, ce n'est pas… contraignant ?

J'avais envie de poser des questions mais je me sentais gêné d'un seul coup, comme si David n'était plus David et que je m'adressais à un étranger.

— Contraignant ? Si, bien sûr. Un fauteuil roulant ça reste imposant donc c'est pas pratique et Johanna aurait préféré se tenir sur ses deux pieds, évidemment.

En me regardant, mon ami comprit que j'avais quelque chose à dire mais que je me retenais pour une raison qu'il ne sembla pas saisir. Il soupira.

— Ne te la joue pas timide, mec. Parle.

— Désolé… C'est juste que je me pose des questions cons. Du genre, comment elle fait au quotidien pour se laver, se mettre au lit, s'habiller… Et pour les autres tâches. Et… Qu'en est-il de votre relation ?

— On parle bien de sexe là, hein ?

— Ouais…

— Ok. Alors pour le quotidien, ma mère ne travaille plus. Elle aide mon père à la comptabilité mais en dehors de ça, rien. Elle reste à la maison et elle est à disposition si Johanna en a besoin. Mais globalement, Johanna se débrouille très bien toute seule. Ma famille et moi avons juste tendance à la surprotéger parce qu'on l'aime, et elle nous supporte.

Il se mit à rire doucement, sûrement en visualisant le visage agacée de sa petite amie trop couvée, puis il marqua une courte pause et son doux sourire devint plus coquin.

— Quant au sexe, mon ami, tout va très bien de ce côté-là. De toute évidence, on ne peut pas faire toutes les positions du Kamasutra, mais rares sont ceux qui le peuvent de toute façon. Johanna a toujours des sensations à ce niveau, je te rassure. Et son handicap ne l'empêche pas d'être particulièrement séduisante et désirable…

Il me jeta un regard entendu et je ne pus m'empêcher de sourire. Il avait beau utiliser l'humour, je sentais tout l'amour qu'il avait pour elle et je ne pouvais que m'éprendre de ce si beau couple. Cinq ans d'amour fou, je les enviais tellement d'être autorisés à s'aimer.

David me remercia de l'avoir écouté et ne s'attarda pas plus longtemps. Il restait mal à l'aise d'avoir fondu en larmes devant moi. Pas gêné par l'acte en lui-même, juste un peu étrange. C'était peut-être un truc de mecs mais nous n'aimions pas trop ce genre de situation. Pleurer était une chose, mais être proche de mourir de chagrin comme ça en était une autre. Ce n'était pas une question de fierté, c'était juste trop douloureux de vivre ce genre de chose. Mais c'était terminé et même si mon ami avait bien l'intention de continuer à me parler de sa tendre Johanna, il ne s'attarderait plus que sur les bonnes choses, les bons souvenirs qui étiraient les commissures de ses lèvres jusqu'à ses oreilles.

Ce soir-là, j'aurais pu moi aussi tout lui avouer, lui confesser mon amour pour Sarah et la noirceur de mon âme. Il aurait compris et aurait accepté mes péchés, j'en avais l'intime conviction. Mais c'était sa soirée, celle où on se concentrait sur lui et ses émotions et moi, je serai la vedette d'une autre nuit. Je ne cherchais pas à fuir, je n'étais plus à ce stade, mais je pensais sincèrement que ce n'était pas le moment. Ce serait aussi mon tour, tôt ou tard.

Chapitre 15

« Tu manques à ma vie. »

Après ce séjour qui s'était terminé sur ma promesse à Johanna de prendre soin de son petit ami et de revenir la voir (même sans lui, ce qui fit froncer les sourcils à son partenaire), David et moi étions plus proches que jamais. Il me restait encore à lui parler de mon passé mais j'avais repoussé le moment. Les jours avaient défilé à une vitesse folle entre les études et le travail, et lorsque la fin de l'année scolaire pointa le bout de son nez, mon passé me rattrapa. Les grandes vacances arrivaient à grands pas et les appels incessants de ma mère et Sarah prouvaient qu'elles attendaient mon retour pour juillet. J'avais une liste d'excuses longue comme le bras. Je n'allais pas payer deux mois de loyer pour un appartement inoccupé, c'était trop cher de rentrer en Bretagne, je voulais profiter des plages du Sud-Ouest, je ne pouvais pas quitter mon job (dont je ne leur avais même pas encore parlé), mes révisions allaient me prendre trop de temps… Mais la vérité, c'est que je ne pouvais pas voir Sarah. C'était réellement une question d'incapacité à supporter mes sentiments et non un problème de volonté, parce que clairement, je souhaitais la voir plus que tout au monde.

J'ai continué à faire l'autruche jusqu'à fin juin où une lettre à l'écriture délicate est arrivée au courrier. J'ai reconnu l'écriture de ma sœur immédiatement et j'appréhendais ses mots, sa déception, peut-être même sa colère. Elle et moi avions toujours été extrêmement proches et du jour au lendemain, je l'ignorais. Parfois je me surprenais à penser qu'il aurait peut-être mieux valu que je lui parle de mes sentiments. Mais imaginer le dégoût dans ses yeux et la gêne dans ses actes futurs m'empêchait de trouver le courage d'être honnête. Après dix bonnes minutes à avoir regardé l'enveloppe jetée sur ma table basse, je me redressai dans le canapé, la saisis et l'ouvris pour la lire.

« Will,

Tu es parti depuis bientôt un an et je n'ai pas eu de nouvelles de toi depuis le début de l'année. Je fais croire à maman que tu ne réponds pas à mes appels non plus mais que tu m'envoies parfois des SMS. Ça la rassure, comme ça elle a le sentiment que c'est juste parce que tu es jeune et que tu n'aimes pas discuter au téléphone. Mais moi je sais qu'il y a autre chose…

Je ne sais pas ce qu'il t'arrive mais je commence à m'inquiéter et à m'imaginer des choses. Et puis, j'ai plein de trucs à te raconter, sur nos amis, la ville, sur moi… Tu me manques vraiment, essaie de rentrer cet été. Et si tu ne le fais pas, alors écris-moi, parle-moi de Bordeaux, fais-moi rêver un peu. Je m'ennuie de toi et je t'envie de pouvoir t'évader, j'en aurais bien besoin moi aussi.

À très vite j'espère. Je t'aime. »

Le manque était horrible, à la lecture de sa lettre je sentis un poing se refermer sur mon cœur, ma poitrine se serra et l'air refusa de pénétrer dans mes poumons. J'avais envie de la voir et de la serrer dans mes bras, tellement, que j'eus le sentiment de devenir fou. Mes doigts se refermèrent sur mon téléphone portable, désireux de l'appeler, d'entendre sa douce voix et de deviner son sourire en voyant mon nom s'afficher. Mais je me souvenais de la réaction de mon corps au nouvel an ainsi que de la souffrance née du combat contre mon désir, et je ne me sentais pas capable d'affronter cette épreuve. Mais si je ne faisais pas quelque chose, ma mère allait finir par débarquer chez moi, tout comme elle avait appelé chez mon propriétaire quelques mois plus tôt. Par ailleurs, les mots de ma sœur « j'en aurais bien besoin moi aussi » m'inquiétaient. Quelque chose n'allait pas et je n'étais pas là pour la soutenir. J'avais peur que l'absence de mon père soit encore trop lourde pour elle, qu'elle soit malade ou encore, qu'un garçon lui ait brisé le cœur… Cette dernière hypothèse me donnait des frissons mais il allait bien falloir que je m'y fasse. J'avais cependant besoin de savoir ce qui n'allait pas, je décidai donc de correspondre avec ma sœur pendant les grandes vacances. Ma première lettre fut un peu maladroite et je mis une semaine à l'écrire. Mais elle était plutôt longue et je savais que ma sœur aimerait.

« Salut Sarah,

Désolé de ne pas avoir répondu plus tôt. Pas de feuille, puis pas de stylo et enfin, pas le temps. Ne m'en veux pas de ne pas donner de nouvelles, je ne suis pas vraiment en vacances. J'ai trouvé un travail en début d'année, dans un Coffee Shop, et je bosse pas mal, surtout depuis que le fils de mon patron est né. Mon boss s'appelle Luke, il te plairait, il est vraiment cool. Et sa femme (ils ne sont pas mariés mais c'est tout comme), Steph, est exactement comme lui. Alors Mike (qui a longtemps été appelé Luke Junior ou Mini Luke) sera forcément aussi cool que ses parents. Il est vraiment mignon. Je ne suis pas fan des enfants mais je sais que toi oui et tu l'adorerais, j'en suis sûr.

En parlant de gosses, tu aimerais aussi le fils de mon propriétaire, Ismet, il adore lire lui aussi et je suis sûr que tu aurais réussi à l'apprivoiser directement. Il m'a vite accepté mais j'ai quand même mis plusieurs semaines avant qu'il arrête de croire que j'avais des vues sur sa grande sœur… Bref, un bon petit.

Et sinon, je suis allé à Angoulême avec celui que je considère maintenant comme mon meilleur ami, David. Sa famille habite là-bas avec sa petite amie, Johanna. Elle est adorable et amusante, je pense qu'elle aussi tu l'aimerais. Quant à David, il est vraiment extra, on passe notre temps à rire. On forme un petit trio sympa à Bordeaux avec Kelia, qui fait partie de sa promotion. J'espère que tu pourras les rencontrer un jour.

À part ça, j'ai réussi mon année, plus que deux et j'aurais un diplôme dont je ne saurais pas quoi faire ! J'espère que tout se passe bien pour toi niveau études ? Tu t'en sors ? (Question con, tu es la personne la plus intelligente que je connaisse.) Et pour le reste ? Parle-moi un peu de toi et de maman. Vous me manquez toutes les deux et je suis désolé de ne pas pouvoir rentrer. Embrasse-la pour moi, ok ?

Dans ta lettre, tu dis que tu aurais bien besoin de t'évader toi aussi, qu'est-ce qu'il t'arrive ? Je n'aime pas te savoir mal alors que je suis à des milliers de kilomètres. Sarah, tu sais que je ferais n'importe quoi pour toi, alors s'il y a quelque chose de grave, si je dois absolument rentrer, je le ferai...

Tu me manques, je t'aime. »

Je ne mentais pas, même si ça m'aurait tué, j'aurai traversé le globe pour la rejoindre si elle avait eu besoin de moi. Pour le reste, j'avais le sentiment d'avoir bien résumé et en même temps, de lui en avoir dit assez. J'avais eu du mal à écrire au sujet des enfants car mentionner son affection pour eux me rappelait qu'elle et moi ne pouvions pas être ensemble puisqu'il nous serait impossible de donner vie à ces petits êtres qu'elle aime tant. Enfin, la dernière ligne m'avait rendu nerveux. J'avais envie de lui dire que je crevais en son absence, qu'elle était mon tout, que sans elle je n'étais qu'une enveloppe vide, sans âme, et que je l'aimais outre mesure. Mais je m'étais contenté de banalité, aussi creuses que ma vie sans elle.

Si j'avais mis une semaine à écrire ma lettre, il n'en fut pas de même pour ma sœur dont la réponse me parvint en quelques jours seulement. Je me sentais un peu bête d'être excité à l'idée de découvrir ses mots et j'avais le sentiment d'entretenir une relation amoureuse par correspondance alors qu'il n'en était rien. Je passais sans cesse de l'espoir à la déception, mes pensées et mon cœur m'entraînant dans un tourbillon émotionnel difficile à supporter. Entre l'affluence au café, l'absence de David qui passait la majeure partie des grandes vacances à Angoulême, et mes sentiments confus, j'étais proche de la rupture. La chaleur n'arrangeait en rien mes problèmes. J'avais besoin d'un bain froid. L'océan aurait été plus attrayant mais j'avais pris l'habitude de rêver petit pour ne pas être déçu. Mais même comme ça, c'était trop. J'allais devoir me contenter du petit ventilateur acheté au marché. Je le réglai pour que l'air vienne frapper mon visage tandis que je m'allongeai sur le canapé. Et lorsque je n'eus plus l'impression de fondre mais juste de bouillir, j'ouvris la lettre de Sarah.

« Will,

Je ne sais pas comment réagir face à tes mots. Une part de moi est réellement heureuse que tu sois si bien entouré et heureux. L'autre a du mal à se réjouir que tu puisses vivre sans maman et moi. Surtout sans moi… Mais j'espère vraiment rencontrer tous ces gens qui comptent pour toi ! Parle-moi un peu d'eux ? Kelia, par exemple, tu en as dit très peu à son sujet. Et ton propriétaire, il est comment ? Les professeurs ?

Je te félicite pour ta première année de licence ! Mais je n'avais aucun doute, tu es le seul à toujours douter de toi. Je miserais sur toi en toute circonstance, toujours. Les études se passent bien pour moi aussi. J'ai eu de très bons résultats aux matières du BAC que j'ai passées cette année. Plus que la terminale et je pourrai moi aussi intégrer la fac ! Quant à maman, rien ne change. Elle bosse trop et je m'inquiète pour elle. Mais quand je lui en parle et que je propose de prendre un job, elle dit que je suis insensée et me dit d'utiliser mon temps libre pour me faire un peu plaisir. Conclusion, je suis totalement inutile… Je me sens terriblement seule. Mon père n'est plus là, ma mère se tue au travail comme si elle attendait d'en mourir pour le rejoindre et mon frère ne semble plus vouloir de moi et n'accepte de discuter avec moi que par courrier…

Ne te méprends pas, j'aime t'écrire et te lire, mais là tout de suite, c'est de tes bras dont j'ai besoin. Je ne dirais pas non à un gros câlin.

Mais tout va bien, ok ? J'écris juste à un moment où je suis un peu faible mais il n'y a rien d'alarmant. Ne lâche pas tout pour rentrer à Quimper. C'est juste que j'ai le sentiment d'avoir le mal du pays, que mes origines me manquent, alors que je suis toujours au même endroit. Quand tu n'es pas là, c'est comme si je n'étais plus chez moi. Alors bosse dur et reviens-moi vite ! Et tu devras te faire pardonner en me couvrant de cadeaux grâce à l'argent que tu gagnes en servant du café ! ;)

Encore et toujours, je t'aime. »

Je me détestais d'imaginer plus que ce que je devrais. Sarah et moi avions toujours été proches et je n'aurais pas dû m'étonner du vide qu'elle ressentait, mais inconsciemment j'avais envie qu'elle soit en manque de l'homme plus que du frère et comme toujours, je me maudissais d'avoir ce genre de pensées. Et plus que tout, je m'en voulais de lui imposer tout ça. Parce que je n'étais pas capable de me contrôler, elle avait le sentiment que je ne l'aimais plus et qu'elle ne comptait plus pour moi. Elle était tellement loin de la vérité que j'aurais pu en rire si je n'avais pas été si triste. Ma petite sœur avait besoin de moi, il semblait lui être vital que je la serre dans mes bras comme n'importe quel grand frère le ferait. Et moi, je n'étais même plus capable de supporter la simple caresse de son parfum. J'étais pathétique.

J'écrivis de nombreuses lettres à Sarah que je n'enverrais jamais. Certaines où je lui disais combien je l'aimais et à quel point j'en étais navré. D'autres où j'exprimais le réel désir qui me rongeait et cette attraction contre laquelle je ne pouvais lutter. Parfois, je mettais même par écrit certains fantasmes malsains dans lesquels nous étions les acteurs principaux. Au fil de l'été, je comptais une trentaine de lettres adressées à Sarah qu'elle ne recevrait jamais. Je me contentais de répondre à ce qu'elle écrivait et de parler un peu de ma vie ici. Kelia semblait être un sujet qui intéressait ma sœur, et même si j'aimais voir une forme de jalousie dans ses « Je n'aime pas t'imaginer avec une femme sans visage que je ne connais pas », je savais au fond de moi qu'elle protégeait son grand frère à sa façon et qu'elle était réellement frustrée de ne pas avoir rencontré celle qu'elle prenait pour ma petite amie. Je me gardais bien de la contredire mais lorsqu'elle aborda le sujet de sa propre vie amoureuse, je crus devenir fou. Elle m'écrivit *« Puisqu'on parle d'amour, je dois mentionner ce garçon au lycée. J'aurais bien aimé que tu sois là pour me donner des conseils, je ne sais pas comment sont les hommes... Ce n'est pas comme si je n'avais jamais eu de relation, mais je crois que la plupart étaient platoniques. Mais Benjamin est différent, je sens quand il me regarde qu'il ne me voit pas simplement comme une amie. Il est charmant et je pense que tu l'apprécierais. »* Puis elle me donna la longue liste de ce qu'elle aimait chez lui. L'apprécier ? Sérieusement ? Je le détestais déjà, ce tombeur qui allait essayer d'abuser d'elle et la laisser malheureuse. Je savais que la jalousie parlait, alors je ne lui répondis pas immédiatement et gribouillais à la place mes pensées obscures sur des papiers qui viendraient rejoindre la pile des lettres qui ne pouvaient être envoyées.

« Aucun homme n'est assez bien pour toi, je suis le seul qui puisse te combler » sur l'un, un obscène « Je te ferai l'amour tendrement et je serai tellement doux que tu n'auras pas un mauvais souvenir de ta première fois » sur une feuille volante ou bien « Je t'aime tellement que si je ne peux pas t'avoir, j'aime autant que tu sois celle qui me tue tant je souffre de la distance entre nous. Si je ne peux pas t'appeler « amour » quel intérêt a ma vie ? » J'étais énervé, j'étais amoureux, je me sentais sale, je me détestais mais je l'aimais tellement…

Sarah perdit probablement patience car deux semaines après la lettre où elle me parlait de ce Benjamin, je reçus une nouvelle enveloppe marquée de son écriture. Je l'ouvris avec quelques réticences mais dedans, elle m'écrivait comme si le sujet de nos éventuels partenaires n'avait jamais existé. Elle me parlait de ses études, de ses dernières créations artistiques, des musiques qu'elle aimait écouter dernièrement et de toutes les choses qui lui passaient par la tête. Je répondis sur le même ton et nous passâmes donc l'été à échanger par écrit. Juillet, août et septembre défilèrent à une vitesse folle. J'étais occupé avec les touristes au travail et quand je rentrais, je passais mon temps à répondre à Sarah, jouer avec les enfants ou tout simplement sous l'eau glacée de ma douche pour essayer de me rafraîchir. Ce ne fut qu'après plusieurs jours de torture que je compris que plus l'eau était fraîche, plus le choc thermique serait important en sortant et plus je souffrirais de la chaleur. Mais ma souffrance prit fin quand l'été se termina. Cela annonça également la rentrée pour mes amis et moi, et j'étais impatient de les retrouver.

Chapitre 16

« Brise mon cœur si ça te plaît, cela ne m'empêchera pas de t'aimer. Je me fiche de ne pas être ta première fois si je peux être ta dernière. »

Sarah et moi continuâmes à nous écrire malgré la rentrée, qui avait repris un mois plus tôt pour elle. L'espace entre deux réceptions était plus grand qu'avant mais je ne m'en souciais pas, j'étais heureux de pouvoir caresser du doigt les mots de ma sœur. J'essayais cependant de ne pas être trop accro à nos échanges. J'espérais qu'ils m'aideraient à revoir Sarah pour ce qu'elle était : ma sœur bien-aimée. C'était le second objectif de ces échanges, le premier étant de rester présent pour elle car je m'inquiétais. Elle semblait avoir le cœur lourd, quelque chose qui la travaillait, mais chaque fois que j'essayais d'en savoir un peu plus, elle réussissait à détourner le sujet en parlant d'autre chose. En face à face j'aurais pu insister mais par écrit c'était plus compliqué.

Du côté de mes amis, j'apprenais qu'ils avaient passé des vacances extraordinaires. David utilisa presque toute notre pause déjeuner pour parler de la perfection de Johanna. Kelia m'offrait discrètement des moues de dégoût qui semblaient dire qu'il en faisait trop, mais je voyais à ses petits sourires en coin qu'elle enviait cette relation. Je supposais que comme beaucoup de personnes, et même si elle disait le contraire, elle appréciait l'idée d'être presque vénérée par un autre être humain avec tant de passion. Nous en discutâmes après les cours alors que David était parti avec quelques camarades de classe avec qui il travaillait sur un projet de groupe. Kelia et moi décidâmes d'aller boire un verre avant que ce soit l'heure pour moi d'aller travailler. Luke était de nouveau présent au café plus régulièrement et je m'en réjouissais. Les jours sans lui avaient été très durs.

— Tu crois au grand amour ? me demanda-t-elle le regard rivé sur sa boisson.

Est-ce que je croyais qu'on puisse aimer comme un fou, à en mourir, une seule personne jusqu'à la fin de notre vie ? Oui, j'en étais même convaincu. Est-ce que cela résultait forcément sur du bonheur et une vie heureuse ? Non, en aucun cas.

— Qu'est-ce que tu entends par là exactement ?

— Qu'on puisse aimer follement une personne, qu'elle soit la bonne, celle sans qui notre vie n'aura plus aucun sens. Ressentir ce désir de la posséder sans quoi on a l'impression de suffoquer… Ce genre-là.

— Ouais, j'y crois.

Comment aurait-ce pu en être autrement alors que j'étais victime de ce grand amour ? Parce que non, l'amour n'était pas forcément un don ou une joie. Dans mon cas, c'était une malédiction, une punition que je ne pensais pas avoir méritée.

— C'est ce que tu ressens pour elle, hein ?

Je me contentais de hocher la tête et de me concentrer sur ma boisson.

— Alors tu sais ce qu'on ressent lorsque nos sentiments ne sont pas réciproques et que la relation est impossible. Mais si cette fille aimait elle aussi un homme avec qui la relation était morte avant d'avoir commencé, si elle décidait de te donner ta chance, tout en sachant qu'elle ne t'aimerait jamais autant que lui, pour qu'au moins un des deux puisse être comblé, qu'en penserais-tu ?

Même si elle ignorait que ma situation ne pouvait convenir à cette supposition, je savais parfaitement où elle voulait en venir et je n'avais jamais imaginé que ses sentiments pour moi étaient si forts. J'avais constaté ses diverses approches et tentatives pour me séduire mais, par peur de lui faire du mal, je l'avais ignorée en douceur. Je restais muet, plongé dans mes pensées jusqu'à ce qu'elle lève la tête et plante son regard dans le mien.

— Will, peux-tu être avec une femme qui est follement amoureuse de toi si de ton côté tu l'aimes simplement, sans grande passion ? Si elle en est consciente et l'accepte, c'est possible pour toi ?

— Je ne sais pas…

— Pourquoi pas ? Si elle est d'accord ? Quel intérêt pour toi de rester célibataire jusqu'à ta mort si une femme s'offre à toi ?

— Ça ne serait pas correct pour cette femme. Quel est l'intérêt d'une relation dans laquelle tu ne reçois rien en retour, où tu donnes sans cesse.

— Il y a des personnes généreuses.

Elle sourit, essayant d'alléger la discussion qui était devenue extrêmement sérieuse. Après plusieurs paroles convaincantes de sa part et peu d'arguments de refus de la mienne, Kelia me fit une proposition.

— Donne-moi trois mois. Jusqu'à la fin de l'année. Et si les douze coups de minuit retentissent et que tu n'arrives toujours pas à voir l'avenir avec moi, alors je te promets que j'arrêterai.

— Et nous resterons amis ?

— Je ne peux pas te le promettre. J'essaierai, je ferai de mon mieux, mais si ce n'est pas possible, tant pis. De toute façon je ne pourrais pas continuer comme ça non plus. Tu es un ami génial, Will, mais ce n'est pas comme ça que je te vois et c'est devenu difficile de faire semblant.

Je vis les larmes se former dans ses yeux et elle replongea alors son regard sur la table. Je ne pus m'empêcher de poser une main sur la sienne et de l'attirer doucement contre moi. J'étais faible face aux femmes qui pleuraient et encore plus lorsque j'avais de l'affection pour elles. Je n'étais pas amoureux de Kelia mais elle m'était vraiment précieuse et je ne pouvais que comprendre sa souffrance au quotidien puisque je ressentais moi aussi ces sentiments pour quelqu'un. Je la serrai donc contre moi et même si je n'étais pas amoureux d'elle, je ne pouvais nier mon attirance pour elle. Elle était petite et fragile physiquement, exactement comme mon côté protecteur aimait les femmes, elle avait la peau douce, des lèvres qui demandaient à être embrassées et un parfum délicat qui donnait envie de la goûter. Mon esprit ne pouvait s'empêcher de nous torturer, mon cœur et moi, en la comparant avec Sarah. Elles avaient toutes les deux les cheveux dans une teinte marron mais ma sœur les portait longs et bouclés tandis que Kelia les avait raides et un peu plus courts, juste en dessous des épaules. Yeux d'automne pour Sarah et verts printemps pour mon amie. Et même si j'adorais les formes de celle qui partageait mon sang, je ne pouvais nier que les courbes généreuses de Kelia m'excitaient franchement. Je n'étais qu'un homme après tout et un homme qui était en manque de chaleur humaine.

Je me détachai de mon amie sans pour autant perdre le contact, et doucement, je relevai son visage en prenant son menton entre mon pouce et mon index. Et lorsque ses yeux rencontrèrent enfin les miens, je me penchai en avant pour lui voler un baiser. C'était ma réponse à sa demande, ma tentative d'avancer dans la vie dans l'espoir de peut-être tomber amoureux de Kelia.

Chapitre 17

« T'arrive-t-il de pleurer pour moi ? Un souvenir de mon visage a-t-il déjà fait naître un sourire sur le tien ? Je n'arrive même plus à me convaincre d'exister quelque part en toi. Je crois que le temps et la distance ont mis trop de poids sur la balance de ma foi. »

La bouche de Kelia avait une saveur délicieuse, je ne pouvais le nier. Je ne me fis pas prier pour intensifier le baiser, goûter à sa langue et même mordiller sa lèvre inférieure. C'était comme si ce baiser avait éveillé l'animal en moi, celui qui hibernait en attendant d'être de nouveau autorisé à se délecter des plaisirs charnels. C'est avec difficulté et essoufflés que nous nous séparâmes. Je posai mon front contre le sien et fermai les yeux. Puis je sentis sa main agripper délicatement mon t-shirt et sa bouche vint de nouveau expérimenter la mienne, tendrement. Mon cœur se serra face à tant de douceur. Je ne pouvais pas, je n'y arrivais pas. C'était des gestes d'amour et je n'étais pas amoureux de Kelia. Je pouvais lui offrir du charme, de la séduction, du sexe, des moments intenses et torrides, mais certainement pas la tendresse d'un homme épris.

— Kelia, je ne peux pas, pas comme ça…

Elle mit sa main sur ma bouche et murmura « Je sais » tristement avant de se saisir de ma nuque pour recommencer à m'embrasser avec force et même rage. Elle laissa elle aussi l'animal prendre le dessus sur la femme et je sentis les regards se poser sur nous. Je me détachai alors doucement d'elle et lui murmurai sensuellement « Il vaut mieux que j'aille travailler avant que cela dégénère et que ces gens portent plainte pour atteinte à la pudeur » puis je terminai ma tirade en mordillant le lobe de son oreille. Je sentis à la respiration de mon amie que je ne l'avais définitivement pas laissée indifférente et je m'en réjouissais. C'était tout pour aujourd'hui car je devais réellement rejoindre Luke au café et Kelia avait du travail à faire pour le lendemain, mais je savais que ce n'était pas terminé. Nous avions trois mois pour nous découvrir. J'ignorais si je pourrais aller jusqu'au bout, en dépit de mon désir flagrant, mais je n'avais rien contre un rapport de charme et séduction avec une femme comme elle. Je n'appréciais pas l'idée de faire ça alors qu'elle avait clairement des sentiments amoureux à mon égard, mais cela semblait lui convenir alors à moi aussi.

Au café, Luke me charria sur mon arrivée au trot et, essoufflé par ma course dans les rues de Bordeaux, après que Kelia m'a mis en retard, je ne pus qu'encaisser en souriant. Mon patron prenait un plaisir palpable à me taquiner et quand Steph arriva, elle se joignit à son mari en devenir.

— Je connais ce regard. Comment elle s'appelle ?

— Je ne vois pas de quoi tu parles, la jouais-je innocent.

Elle marqua une pause, plissa les yeux puis redressa la tête soudainement, un air satisfait sur le visage. Elle se tourna vers l'homme de sa vie en souriant.

— Bébé, est-ce qu'il n'y a pas une clause dans son contrat qui lui interdit de te mentir ? Et moi, n'a-t-il pas l'obligation de me vénérer ?

Luke entra dans le jeu de sa partenaire en un rien de temps, et hocha la tête pour approuver. Il croisa les bras, s'appuya au plan de travail derrière lui et entra dans la partie à son tour.

— Effectivement, ce serait quand même dommage de perdre ton emploi maintenant. D'ailleurs, je suis sûr que la clause t'obligerait à me rembourser pas mal d'argent…

C'était ridicule, mais ça me faisait rire et un tel sentiment était le bienvenu. Alors j'abdiquai, présentai mes plus sincères excuses en me courbant devant Stéphanie, et lâchai simplement un « Kelia » avant de filer à l'arrière, prétextant un besoin pressant. Je les entendis rire et cela me rendit heureux. Je savais que la journée se terminerait bien en leur compagnie.

Le lendemain, je retrouvai mes amis à la fac et lorsque je franchis le groupe d'étudiants puis saisis Kelia par la taille avant de la serrer contre moi pour l'embrasser, les conversations se turent et je sentis tous les regards sur nous, à commencer par celui de Marc qui en fit tomber son téléphone avant de jurer. J'avais bien conscience qu'il avait des vues sur ma nouvelle petite amie, mais en même temps, il en avait sur toutes les femmes. Le silence persista quelques secondes, puis une de ces filles habituées aux soirées étudiantes finit par lâcher « J'étais sûre qu'il était amoureux d'elle, je l'ai toujours dit ! », et la discussion reprit comme si rien ne s'était passé. Kelia passa de la surprise à la joie d'être saluée ainsi de ma part, tout ça pour finir par baisser les yeux en étant parfaitement consciente que non, je n'étais pas amoureux d'elle. Je lui caressai alors doucement le dos à la fois pour m'en excuser et pour la réconforter puis elle m'offrit un sourire triste avant de déposer un tendre baiser sur ma joue et de partir avec ses amies qui ne manqueraient pas de lui poser mille et une questions auxquelles elle répondrait sûrement comme si c'était vrai.

Lorsque tout le monde fut parti, non sans quelques tapes sur mes épaules pour me féliciter ou quelques remarques salaces sur notre différence de taille qui selon eux serait problématique au moment voulu, je me retournai vers David qui n'avait soufflé mot depuis mon arrivée. Je sus immédiatement qu'il voulait me dire quelque chose mais qu'il n'osait pas et j'étais bien conscient qu'il n'approuvait pas. J'avais presque le sentiment de pouvoir toucher du doigt ses sentiments négatifs. Je fis le premier pas vers lui.

— Crache le morceau, je te connais, tu as quelque chose à dire.

Il me suivit pour s'installer à côté de moi sur le banc puis se releva d'un coup et fit les cent pas pendant plusieurs secondes avant de finir par tout lâcher.

— Merde, mec, t'as foutu quoi ? J'ai raté un truc dans la nuit ou vous faisiez ça dans mon dos ?

— Ça s'est passé hier, tu sais bien que je ne t'aurais pas caché ça.

— Laisse-moi en douter. Ca fait plus d'un an qu'on est amis et je suis toujours dans le flou à ton sujet. Y'a quelque chose qui cloche avec ton cœur, je l'ai su dès le début, mais tu ne m'as toujours pas dit quoi. Et maintenant tu décides de sortir avec Kelia ?

Il s'arrêta et me regarda comme s'il attendait une réponse mais je le connaissais mieux que ça. Il était presque en train de se parler à lui-même et moi je devais juste écouter. David s'énervait rarement et encore moins souvent contre moi. Mais Kelia était aussi son amie et il s'inquiétait pour elle, à raison.

— Quand on s'est connus et que je t'ai dit qu'elle avait des vues sur toi, tu m'as dit qu'elle et toi c'était pas possible. Tu avais l'air de dire que tu ne tomberais jamais amoureux d'elle et au fil des mois j'ai bien compris que tu aimais quelqu'un d'autre. Qu'est-ce qui a changé ?

— Rien. Je suis toujours amoureux d'une autre fille et Kelia est une amie qui m'est précieuse mais je ne partage pas ses sentiments.

— Alors pourquoi tu sors avec elle ?!

Je lui racontai notre discussion de la veille sans en oublier un seul détail alors qu'il se calma finalement et s'installa à côté de moi. Lorsque j'eus fini, il soupira et laissa tomber sa tête dans ses mains.

— Ça n'a pas de sens, elle est idiote et toi aussi. Elle va finir en miettes, exactement comme toi !

— Je sais…

Je me penchai vers l'arrière en prenant appui sur le haut du banc pour ensuite basculer la tête et regarder le ciel. Cet infini bleu me rendait nostalgique sans que j'en comprenne la raison. J'étais fatigué de tout et penser à mon rêve de gamin, qui était de faire une sieste sur un nuage, me fit sourire tristement. Je dus fermer les yeux pour ne pas craquer et David sembla s'apercevoir de mon combat intérieur. Il soupira et me bouscula de l'épaule avant de se mettre dans la même position que moi.

— Qui vivra verra, hein… Je m'inquiète un peu de ce que les autres diront quand ça sera fini mais quoi qu'il arrive, tu seras le connard de l'histoire. Si tu avais dit non, on t'aurait dit insensible et là que tu as dit oui, on murmurera que tu manques de considération. T'étais foutu dès le début, mec.

Mon ami prit le parti de rire de cette fatalité et je fis de même. Puis les portes de mon cœur décidèrent de s'ouvrir et après une ou deux minutes de silence, je lui demandais avec beaucoup de sérieux si ses cours de la journée étaient importants. Il plongea son regard dans le mien et il ne lui en fallut pas plus pour comprendre. Il secoua la tête et m'imita lorsque je me levai. Il aurait pu avoir un examen aujourd'hui que cela n'aurait rien changé, il m'aurait suivi au bout du monde. Parce qu'il savait que j'allais lui parler de mon secret, que cette fois, j'étais prêt à tout lui dire à propos de Sarah.

Chapitre 18

« Peut-être devrais-je finalement mettre des mots sur mes sentiments pour toi ? »

J'avais besoin de trouver un endroit dans lequel je me sentais bien pour pouvoir me confier à David. Je n'avais jamais parlé de ça, à personne, et je n'avais aucune idée de la manière dont j'allais lui exposer les faits. Je me sentais honteux, gêné et mal à l'aise, et par-dessus tout, j'avais peur de le dégoûter. Mais je devais le faire, me libérer de ce poids en le partageant avec quelqu'un, et mettre mon ami dans la confidence même si je prenais le risque de ne plus pouvoir l'appeler ainsi après ça.

Ce fut finalement chez moi que nous nous rendîmes et cela me sembla être l'endroit le plus sûr. Je m'y sentais bien en dépit de son étroitesse et son ancienneté, et j'avais donc espoir de réussir à parler plus librement. Je proposai une bière à David et en pris une pour me donner du courage tandis que nous prenions place sur mon vieux clic-clac. Et après quelques minutes de silence qui furent plus pesantes que toute confession, je me lançai.

— Je suis amoureux de cette personne depuis environ trois ans. Peut-être que je le suis depuis toujours mais que je ne m'en suis pas rendu compte, en fait… C'est une jeune femme parfaite, elle est intelligente, drôle, vive, belle, et tant d'autres qualités que je me demande s'il existe un homme assez bien pour elle.

Je vis David sourire, visualisant probablement sa douce Johanna car ses sentiments résonnaient avec les miens, sans aucun doute. J'en profitai pour marquer une courte pause car la suite était moins belle.

— Tu as bien compris qu'elle et moi ce n'est pas possible, mais je ne t'ai jamais expliqué pourquoi.

J'eus le sentiment d'étouffer, que j'allais mourir à cet instant, avant même d'avoir pu me libérer. J'étais rongé par la crainte des conséquences de mes confessions car j'étais bien conscient que je mettais notre amitié en péril par ces révélations. J'avais l'impression de faire une crise de claustrophobie, comme cela m'arrivait souvent plus jeune, mais moins depuis que je veillais à fuir les espaces confinés. Je me massai la nuque pour essayer de me détendre et lorsque David posa une main amicale sur mon épaule, je me dégageai en lui faisant comprendre d'un regard qu'il n'aurait peut-être plus envie de me toucher d'ici quelques minutes. Et lorsque je vis ses yeux pleins de questions, je baissai la tête et me décidai à enfin lui dire le plus important.

— Elle s'appelle Sarah, elle n'est pas consciente de mes sentiments à son égard et elle ne le sera jamais, parce que c'est ma petite sœur.

Je n'osai pas regarder dans sa direction mais je pouvais sentir l'air changer et le silence prit de nouveau possession de mon studio. Seule notre respiration le brisait et je n'osais bouger. J'attendais, démuni et craintif. J'étais telle une proie dont le chasseur au grand cœur ignorait encore s'il allait la capturer. Et après quelques minutes, mon ami brisa ce silence oppressant.

— Je ne sais pas quoi dire… C'est juste que plusieurs pensées se bousculent dans ma tête et je ne voudrais pas sortir tout et n'importe quoi.

— Si, vas-y, j'aime autant.

Les battements de mon cœur ralentirent pour se calquer sur le rythme de l'ambiance pesante qui nous engouffrait. J'eus le courage de lever la tête sans pour autant être capable de me tenir droit et fier. Mon ami marqua une courte pause, plongé dans ses propres réflexions, et en dépit de l'appréhension grandissante en moi, j'avais besoin d'entendre ce qu'il avait à dire, tout, même des mots cruels. Mais David était tout sauf cruel.

— Je comprends que tu n'en aies pas parlé et honnêtement, je pense que tu as de la chance que je sois ton interlocuteur. C'est quand même un sujet super tabou et je te déconseille de trop en parler, ça n'aidera pas ta popularité… Mais personnellement ? Ça m'est égal. Je ne dis pas que j'approuve, mec, tu vas au devant de problèmes et ça ne sera pas facile. Je n'aime pas l'idée de te savoir malheureux par amour. Mais c'est pas comme si tu avais choisi, hein ?

Non, je n'avais définitivement pas choisi de tomber amoureux de ma sœur et ses yeux tristes me confirmaient qu'il en avait bien conscience. Je secouai la tête de droite à gauche et mon ami approuva.

— Je sais ce que c'est d'être amoureux comme tu l'es, je me vois dans tes yeux. Mais j'ai la chance d'être autorisé à aimer Johanna et je n'imagine pas devoir me tenir éloigné d'elle. Honnêtement, je pense que rien ne m'aurait empêché de l'aimer. Elle aurait pu être ma cousine, ma sœur ou n'importe quel autre membre de ma famille, j'aurais continué de l'aimer et je me serais battu pour l'avoir.

— Tu dis ça parce que tu n'es pas à ma place…

— Tu as peut-être raison, mais c'est ce que je pense aujourd'hui. Tu fais comme tu le sens, je veux juste que tu saches que quoi que tu décides, je serai toujours de ton côté.

Au début, j'eus le sentiment qu'il ne mesurait pas l'énormité de ma situation mais en réalité il comprenait, à son niveau. Il n'avait pas sorti des mots creux à la légère, il était juste sincèrement compréhensif. Mon cœur s'allégea de me savoir accepté alors que je me répugnais au plus haut point. Mais je lui étais sincèrement reconnaissant de son soutien. À notre manière très masculine et jeune, nous nous serrâmes la main et je sentis à cet instant que nous étions plus proches que jamais. Chacun ayant partagé ses plus lourds secrets avec l'autre.

— Je suis déçu, je pensais que tu verserais au moins quelques larmes pour qu'on soit à égalité ! Rends-moi ma dignité !

David avait le don de trouver les mots pour me faire rire et je l'en remerciais intérieurement. Il savait quand être sérieux et quand me taquiner. C'était une de ses plus grandes qualités. Et une fois lancé, rien ne l'arrêtait.

— Et du coup, Kelia ?

— Quoi Kelia ?

— Bah, tu sais…

Je fronçai les sourcils et l'interrogeai du regard, ne comprenant pas du tout ce qu'il me demandait et ce qu'il attendait comme réponse.

— T'es con ou quoi ? Vous êtes allés jusqu'où ?

— C'est moi qui suis con ? C'est quoi cette question ?!

Je me remis à rire de cette situation tellement normale où deux jeunes hommes parlaient de sexe, naturellement. Puis j'expliquai à mon ami que nous n'avions même pas encore dépassé le stade des baisers et que même si le désir était bien présent en moi, je n'étais pas sûr de pouvoir franchir ce cap. Il sembla comprendre mais ne manqua pas de me faire remarquer que notre amie avait de quoi faire dresser ma virilité. Puis il enchaîna en me parlant de sa propre expérience avec Johanna. Je lui promis de tout répéter à sa petite amie pour qu'elle le punisse d'avoir osé dévoiler leurs secrets de chambre à coucher. Et nous discutâmes ainsi jusqu'en fin d'après-midi où il finit par me quitter pour rentrer chez lui. Je me sentais soulagé d'un poids énorme et cette nuit-là, je m'endormis le cœur léger.

Chapitre 19

« J'ai peur d'être honnête avec toi, peur que tu prennes cette charge sur tes épaules et ne parviennes plus à avancer, comme c'est le cas pour moi. »

Les choses ne semblaient pas évoluer outre mesure avec Kelia. Nos baisers étaient enflammés et le besoin de se toucher et d'aller plus loin nous brûlait de l'intérieur, mais nous n'avions pas assez de temps pour nous voir. Nous échangions des étreintes et des caresses volées entre deux cours, à l'abri des regards, et je me sentais comme un adolescent qui cache sa première relation. L'excitation avait pris possession de moi et j'adorais ce sentiment. Je me la jouais rebelle lorsque nous nous faisions surprendre par des professeurs pas beaucoup plus vieux que nous qui se contentaient de rire, j'étais joueur, j'étais intense et passionné, j'étais fou, mais certainement pas d'amour. Je m'enivrais de ce désir et de cette tension sexuelle qui ne semblait pas s'atténuer entre nous et j'étais tellement pris dans cette partie échauffée, que j'en oubliais que tout ça n'avait rien d'un jeu. Mais c'était trop électrisant pour que je m'en soucis. Kelia avait réellement lâché la bête et je n'avais ni l'envie ni la motivation de la faire rentrer dans sa tanière. Je comptais donc sur mon amie pour gérer la situation.

Finalement, les trois mois passèrent assez rapidement et le froid annonçant des fêtes de fin d'année glaciales frappa Bordeaux douloureusement. Encore une fois, je ne rentrai pas passer Noël avec ma famille et cette fois je pris l'initiative d'appeler à la maison avant que ma mère ne décide de contacter mon propriétaire à nouveau. Le jour de Noël, je pris donc le téléphone avant de me rendre dans ma nouvelle petite famille, et passai un coup de fil en espérant réussir à joindre ma mère que je n'avais pas entendue depuis une éternité. Ce fut une voix faible qui me répondit et je mis un peu de temps à comprendre qu'il s'agissait de celle qui m'avait mis au monde. Elle semblait différente, épuisée, et je me demandai tout à coup ce qui avait bien pu se passer en un peu plus d'un an. Ma mère se répéta face à mon silence.

— Allô ? Qui est à l'appareil ?

— Maman…

— Mon petit bonhomme…

Je sentis dans sa voix de la douceur, de la tendresse, de l'amour, mais aussi du soulagement. Elle se sentait rassurée d'avoir enfin pu m'entendre. J'étais un fils horrible qui n'avait pas pris la peine de lui dire qu'il allait bien, même si c'était faux, juste parce qu'il ne pensait qu'à lui-même et à ses problèmes insignifiants. Je débordais de culpabilité et de tristesse, mais je ne voulais surtout pas l'inquiéter.

— Joyeux Noël, maman.

— Joyeux Noël à toi aussi, mon garçon. Tu as reçu nos cadeaux ?

— Oui. Merci beaucoup pour le pull. Tu as bien fait, il fait Moscou ici ! Et tu diras merci à Sarah pour sa toile, elle est magnifique.

— Tu lui diras toi-même, je te la passerai après.

Je ne voulais pas lui parler, je ne pouvais pas. Lui écrire était une chose, entendre sa voix en était une autre. J'avais eu assez de mal l'an dernier, je ne pouvais pas recommencer. Je mentis donc à ma mère en l'informant que je n'avais pas le temps et que mon propriétaire et ses enfants m'attendaient pour le déjeuner. Alors que j'essayais d'abréger la discussion, je constatais que la voix de ma mère se faisait plus faible.

— Maman, ça va pas ?

— Ça va mon chéri, juste un peu de fatigue, ne t'inquiète pas.

Je n'étais pas franchement rassuré et je lui demandai de prendre soin d'elle. Exceptionnellement, elle ne travaillait pas et allait pouvoir se reposer un peu. Elle m'apprit que Sarah était aux fourneaux pour l'occasion et je ne pus m'empêcher de la visualiser parée de son tablier aux couleurs de l'Angleterre sur lequel une citation humoristique était inscrite : « Si les Anglais peuvent survivre à leur cuisine, ils peuvent survivre à tout ». Une phrase signée George Bernard Shaw à côté de laquelle ma sœur avait cousu un énorme « EVERYTHING! » comme pour confirmer les mots. Je pensais à David qui avait vécu là-bas et cela me fit sourire. Ma sœur aimait la bonne cuisine française et elle était revenue traumatisée de son voyage scolaire à Londres. Malade pendant deux jours, elle s'était promis de ne plus jamais goûter les spécialités des pays qu'elle visiterait avant que quelqu'un le fasse et la rassure.

Je raccrochai après plusieurs minutes à dire à ma mère de prendre soin d'elle. Je lui demandai d'embrasser Sarah, puis je me rendis chez mes voisins qui m'étaient devenus si précieux au fil du temps. Alors que j'avais essayé de me tenir éloigné au départ, je n'avais réussi qu'à me faire engloutir par les ondes délicieuses que dégageaient tous les membres de cette famille. Ils avaient été là au quotidien pour me soutenir dans mes études, mon nouveau boulot et même ma vie amoureuse qui leur semblait trop vide. C'était des personnes adorables et j'avais le sentiment qu'un véritable lien existait entre nous après plus d'un an.

Naïma m'ouvrit la porte avec le sourire et je l'embrassai doucement sur la joue. Nous étions très proches, mais en dépit de son jeune âge elle avait l'apparence d'une jeune femme et je ne voulais pas que mes actes la dérangent. Par ailleurs, le jeune Ismet avait beau m'accepter, il était hors de question que j'ai un geste déplacé à l'égard de celle qu'il vénérait et protégeait comme une divinité. Il avait lui aussi bien grandi et du haut de ses douze ans, bien qu'en paraissant quinze (c'était sûrement de famille), il avait une vision du monde bien plus juste que la plupart des adultes de notre époque. J'étais fier de lui tout en déplorant cet esprit vif et intelligent qui l'empêchait probablement de vivre l'enfance qu'il méritait. Mais j'avais espoir que ces capacités intellectuelles lui soient bénéfiques et lui ouvrent les portes d'un avenir meilleur. J'avais par le passé discuté avec Achir au sujet de ses enfants et de leurs études. Il me confia ce jour-là qu'il épargnait énormément pour que les deux puissent faire les études dont ils rêvaient. Idéalement, il espérait pouvoir financer les études de Naïma afin qu'elle puisse ensuite trouver un bon travail et l'aider à financer celles d'Ismet. Il était bien conscient de la difficulté de son plan et s'en voulait de compter sur sa fille pour assurer l'avenir de son frère, mais il n'avait pas le choix. Je lui expliquai que Naïma se sentirait honorée de pouvoir faire ça pour sa famille et qu'il n'avait aucune raison de s'inquiéter à ce sujet mais il en resta embarrassé. La jeune femme n'était encore qu'une adolescente mais elle savait déjà ce qu'elle voulait faire de sa vie. Je savais que son rêve était de travailler dans le stylisme, malheureusement au lieu de commencer par un CAP métiers de la mode en lycée professionnel, le parcours classique, elle n'avait eu que les moyens de partir dans son lycée de secteur pour faire une seconde générale. Son père économisait donc pour lui payer une grande école parisienne de stylisme une fois son BAC obtenu. De mon côté, je participais à l'éducation des deux enfants de la famille Nasri en offrant régulièrement des cadeaux qui leur plaisaient et leur seraient utiles. Du matériel de couture mais aussi de dessin pour Naïma et un nombre incalculable de livres pour Ismet, qui avait aussi la possibilité d'en emprunter davantage à la bibliothèque. Les deux jeunes étaient ravis et moi j'étais heureux de leur faire plaisir. J'espérais sincèrement que les projets d'Achir pour eux se réaliseraient.

Notre future styliste nous prépara un dîner festif délicieux et sembla flattée que les trois hommes de sa vie la complimentent autant. Nous passâmes tous un bon moment à discuter, manger, boire et ouvrir nos cadeaux. Puis, lorsque le soleil commença à nous échapper et que les enfants furent occupés, je sentis le regard du père de famille sur moi et ses mots doux me frappèrent.

— Tu as toujours le regard triste, mon garçon, comme la première fois où je t'ai rencontré… Ton chagrin est-il si fort qu'il te poursuit à travers les mois et même en cette période heureuse ?

Je levais la tête vers un Achir au regard bienveillant et ne pus répondre à sa question. Je me sentais désolé d'entendre que plus d'un an après notre première rencontre, je portais encore les stigmates de ma souffrance et de mes péchés. Voyant que je ne répondais pas, il se leva et déclara d'un ton bienveillant :

— J'espère qu'un jour tu seras heureux. Tu le mérites.

Sur ces mots, il posa une main bienveillante sur mon épaule puis partit rejoindre sa fille en cuisine. Du coin de l'œil, je le vis intercepter Ismet qui se dirigeait vers moi, probablement pour me montrer de plus près les beaux livres qu'il avait eus à Noël. Mon propriétaire voulut me laisser quelques minutes pour me reprendre et je lui en fus reconnaissant.

J'avais passé une merveilleuse journée avec une famille que je considérais comme étant la mienne, mais même si ce n'était pas son intention, mon propriétaire m'avait chamboulé de ses mots. Je n'avais pas évolué, rien n'avait changé et je continuais à survivre et non à vivre. Il y avait Kelia bien sûr, mais aussi incroyable fusse-t-elle, je ne la pensais pas capable de me mener sur le chemin du bonheur. J'étais cependant bien loin de m'imaginer qu'elle allait changer ma vie et que 2008 allait marquer un tournant important.

Chapitre 20

« C'est dans tes bras que j'aimerais connaître l'amour. »

Ma petite amie depuis presque trois mois m'avait un jour murmuré discrètement à l'oreille qu'elle aimerait passer le nouvel an seule avec moi afin de m'offrir un cadeau de Noël tardif. En gentleman que j'étais, j'avais bien évidemment accepté. En réalité, j'étais bien conscient de ce qui allait se passer entre nous ce soir-là et j'en avais envie autant qu'elle. Pendant ces quelques mois, j'avais accumulé une frustration énorme et j'étais proche d'exploser, j'avais envie de Kelia et je n'avais plus la force d'attendre. Mon attitude aurait pu être mal vue mais mon amie partageait ce désir et nous nous étions mutuellement provoqués pendant plusieurs jours, ce qui expliquait ce besoin intense qui n'avait presque plus rien d'humain. J'avais le sentiment que nous aurions pu nous unir n'importe où, même contre un mur de notre fac. Mais la part rationnelle et bien éduquée de notre être nous permit de nous abstenir. Cela en aurait probablement fait rire certains, mais pas tous.

Le 31 décembre, elle frappa à la porte de mon petit studio où il était convenu que nous passerions la soirée… et la nuit. Kelia vivait en collocation et avait malheureusement perdu les lieux au pierre-feuille-ciseau, je l'accueillais donc avec plaisir. Mon menton faillit toucher le sol lorsque j'ouvris la porte. Elle était divine dans sa jolie robe noire style année 60. Je retirai son manteau lorsqu'elle fut enfin à l'intérieur et tout en frôlant ses bras nus, je détaillai sa tenue, plus ou moins discrètement. Serrée à la taille et évasée sur ses hanches, la robe mettait sa poitrine en valeur et la finesse de ses bras également. Ses escarpins noirs prolongeaient des jambes absolument délicieuses et ses cheveux relevés en chignon travaillé dégageaient une nuque que je mourrais d'envie de goûter. Je ne me fis pas prier et passai mes bras autour d'elle. Les mains à plat sur son ventre, je posai mes lèvres derrière son oreille et je la sentis frissonner dans mes bras. De mes simples baisers, sa respiration accéléra. Elle parvint cependant à rester maître d'elle-même et tout en glissant sa main droite dans mes cheveux, elle tourna la tête afin que ses lèvres rencontrent ma joue. Elle m'embrassa puis me chuchota sensuellement de ne pas déballer son cadeau avant d'avoir dîné. Je ne sais comment je parvins à ne pas la plaquer contre le mur pour la prendre immédiatement et faire taire cette bouche tentatrice, mais je réussis.

Je lui fis visiter mon studio en à peine deux minutes, étant donné sa superficie, mais Kelia sembla vraiment intéressée. Je la voyais observer tout ce qui se trouvait autour d'elle comme si elle tentait d'en apprendre plus sur moi. Malheureusement, il n'y avait aucune décoration à l'exception des toiles de Sarah et de la photo de nous enfants qu'elle m'avait envoyée. Mon amie admira les peintures et je lui dis fièrement qu'elles étaient des créations de ma sœur. Mais lorsqu'elle voulut parler de ma famille, je pris le soin de changer de sujet en parlant de la sienne après avoir simplement dit que je vivais depuis presque toujours juste avec ma mère et ma sœur. Kelia ne se douta pas de ma diversion et comme beaucoup de femmes, elle prenait plaisir à me parler d'elle et n'hésita pas à répondre à ma question sur sa famille. Les femmes aimaient parler et moi j'aimais les écouter, nous étions faits pour nous entendre et c'était pour ça que j'étais si populaire auprès de mes amies de sexe féminin.

Elle m'expliqua qu'elle était fille unique, petite princesse de ses parents, et que c'était pour ça qu'elle était un peu capricieuse et habituée à toujours avoir ce qu'elle voulait. Elle me dit en riant légèrement que c'était pour cette raison qu'elle n'avait pas pu tirer un trait sur moi. J'admirais sa détermination et sa force d'esprit. Je lui enviais bien d'autres qualités mais celles-ci étaient pour moi les plus importantes.

Elle continua à me parler d'elle, de ses parents et de toutes les choses, parfois importantes et parfois banales, qui avaient composé la femme qu'elle était à cet instant. Tout au long du repas, je pris grand plaisir à l'écouter et je ne vis pas le temps passer. C'était une femme intéressante et j'aimais sincèrement discuter avec elle.

Lorsque nous eûmes fini de débarrasser la table, ma sonnette retentit et je fronçai les sourcils en me demandant qui cela pouvait être. Je m'excusai auprès de Kelia et allai ouvrir pour découvrir une Naïma au visage rouge et aux yeux larmoyants. Essoufflée et paniquée elle eut du mal à trouver les mots pour m'expliquer que son frère avait des soucis et qu'elle avait besoin de moi. Je compris plus ou moins que des jeunes l'avaient approchée de trop près alors qu'ils rentraient tous les deux d'une course qu'Achir leur avait demandé de faire et qu'Ismet, très protecteur avec sa sœur, avait repoussé ces deux garçons un peu trop entreprenants. Naïma ne voulait pas appeler son père car elle avait peur qu'il réprimande son petit frère et elle ne savait pas quoi faire d'autre que de venir frapper à ma porte. Je la rassurai en déposant un baiser sur son front et la fit patienter quelques minutes le temps de prévenir Kelia.

— J'ai une urgence, le fils de mon propriétaire à quelques ennuis, du coup je vais le chercher. J'en aurai pas pour longtemps alors fais comme chez toi en attendant, ok ?

— C'est pas trop grave, j'espère ?

— J'espère que non. Je suis désolé de devoir te laisser…

Elle se leva de mon clic-clac et vint déposer un baiser délicat qui me brûla les lèvres tant il était doux, à l'opposé de notre relation endiablée. Puis, en souriant et en caressant ma joue, elle me murmura quelques mots séduisants.

— Ne t'inquiète pas, je vais t'attendre ici, bien sagement…

L'insinuation cachée dans le « sagement » était assez forte pour me donner envie de rentrer au plus vite. Je me hâtais donc de partir en quête d'Ismet.

Je le trouvai là où sa sœur m'avait menée, sur les quais longeant la Garonne, seul et mal en point. Les deux jeunes avaient dû se lasser de frapper sur ce bonhomme pas si fort que ça mais capable d'encaisser beaucoup. Mais ce n'était qu'un enfant, et je ne comprenais pas qu'on puisse s'acharner ainsi sur un garçon qui entre à peine dans l'adolescence. Lorsqu'il me vit, il détourna les yeux et j'y vis des larmes de honte se former. Il protesta quand je m'approchai pour le faire monter sur mon dos mais finit par obéir à contre-cœur. Et tandis que je le ramenai chez lui après avoir demandé à Naïma de rentrer pour préparer de quoi le soigner, mon jeune voisin murmura un faible

« Désolé » avant de fondre en larmes sur mon dos. Je sentis ses bras se resserrer autour de moi et je ne dis mot, le laissant évacuer son chagrin. Je ne lui répondis que lorsqu'il fut calmé et se détendit contre moi.

— Ne t'inquiète pas, je ne suis pas fâché. Je sais ce qu'il s'est passé et je te comprends. Mais la violence n'est pas la solution.

— Ils allaient lui faire du mal, Will, je l'ai vu dans leurs yeux…

Et par « mal » je compris ce qu'il entendait. Ils n'avaient nullement l'intention de la frapper et ce qu'Ismet avait vu dans leur regard, c'était un désir malsain pour une jeune femme magnifique. Mes bras se contractèrent de colère et ma respiration se fit plus difficile même si je parvins à me contrôler.

— Tu vas le dire à papa ? me demanda-t-il doucement.

— Non, Ismet. Mais toi, tu le feras.

— Mais…

— Tu lui expliqueras en détail et il te pardonnera. Parce qu'il vous aime tous les deux plus que tout au monde. Ne cache jamais rien à ton père.

Ismet me serra un peu plus fort et je le sentis hocher la tête doucement. Il n'avait pas peur de se faire réprimander, il était terriblement effrayé à l'idée de décevoir cet homme qu'il admirait tant. Mon jeune ami était un garçon courageux, intelligent et bon, bien meilleur que la plupart des hommes.

Lorsque j'eus fini de le soigner et de le mettre au lit, Achir rentra chez lui tout joyeux en demandant à ses enfants s'ils étaient prêts à partir. La famille passait le nouvel an avec d'autres voisins. Mais lorsqu'il nous vit, sa bonne humeur s'envola et il se précipita vers son fils, allongé dans son lit et un peu amoché. Je restai un moment avec Naïma le temps d'écouter de derrière la porte la discussion entre Ismet et son père, et lorsqu'il me sembla que tout irait bien, comme je m'en doutais, j'embrassai la jeune fille sur le front et la quittai alors qu'elle me remerciait encore pour mon aide.

Tandis que j'avais été gagné par la fatigue suite à cette épreuve, c'est la crainte et le stress qui s'emparèrent de moi lorsque j'entrai chez moi et que je vis Kelia plongée dans mes lettres maudites. Je déglutis avec difficulté et repris contenance avant de venir à côté d'elle et de poser ma main sur la sienne. Elle lâcha la lettre qu'elle était en train de lire et resta figée là. Le silence s'installa entre nous et je ne sus quoi dire, alors elle le brisa.

— Alors elle s'appelle Sarah ?

— Kelia, je…

— C'est bon Will, ne t'inquiète pas.

Elle releva la tête et cette fois je vis son regard déterminé et passionné. Je m'attendais à lire de la tristesse en elle mais loin de là. Elle défit doucement sa robe et la laissa tomber à ses pieds, m'offrant un spectacle divin. Puis elle s'approcha et se colla à moi, approchant ses lèvres de mon oreille.

— Ton cœur lui appartient peut-être, mais c'est moi qui suis là, c'est moi qui vais prendre soin de toi et te donner du plaisir.

Et sans me laisser le temps de répondre, elle m'embrassa sauvagement, faisant immédiatement monter l'excitation en moi. Je l'ai prise cette nuit-là, pour la première fois j'ai pris possession de son corps. J'aurais aimé dire que je lui ai fait l'amour mais ce serait mentir. Mes baisers n'avaient rien d'amoureux et même si j'ai chéri chaque parcelle de son corps en m'en délectant avidement, notre acte était bien trop sauvage et désespéré, pas assez pur ni tendre pour être considéré comme de l'amour. Les douze coups de minuit avaient probablement retenti tandis que nous étions trop occupés pour les entendre, et j'avais donc commencé la nouvelle année comme j'avais fini la dernière, enfoui en Kelia.

Chapitre 21

« Lorsque la réalité nous frappe en plein visage, que tous nos secrets sont exposés, ne serait-ce qu'à un être qui saura être honnête avec nous, il devient difficile d'avancer. Parce que nous prenons conscience de nos erreurs et réalisons que nous sommes loin d'aller bien. »

J'entendis mon téléphone s'agiter sur la table basse alors que ma petite amie reposait sur mon torse, ses cheveux chatouillant ma peau. Mais lorsque je vis le prénom de ma sœur s'afficher, je rejetai l'appel avant que mon cœur ne se déchire totalement. Kelia m'interrogea du regard mais je choisis de recommencer à l'embrasser et la caresser plutôt que de nous faire du mal à tous les deux. Je retardais l'échéance parce que j'étais trop lâche pour être honnête, mais j'étais conscient qu'un jour la vérité me rattraperait. En attendant, je me contentai de lui murmurer un « Bonne année » alors que nos deux corps s'unissaient à nouveau, nos intimités simplement séparées par une fine couche caoutchouteuse. Mon petit studio était devenu étouffant tant il y faisait chaud et lorsque ma partenaire s'endormit, j'ouvris la fenêtre après l'avoir couverte. À moitié nu, simplement vêtu d'un sous-vêtement, je regardais par la fenêtre et admirait un ciel dégagé qui exhibait ses merveilleuses étoiles et sa lune majestueuse. Le spectacle était fabuleux et me détourna temporairement de mon téléphone, la face contre ma table basse. Je n'osais pas m'en approcher, pris de panique à l'idée de ce qu'il allait me montrer et à cet instant j'aurais donné n'importe quoi pour une cigarette. J'avais arrêté parce que ma sœur n'aimait pas et je me fis la réflexion que peut-être je devrais justement faire tout ce qu'elle détestait, pour me prouver à moi-même que cela n'avait pas d'importance. Malheureusement, cela n'aurait été qu'un mensonge car il était bien évident que je me préoccupais de l'avis de Sarah, plus que de celui de quiconque.

Je trouvai finalement le courage de me saisir de l'instrument maudit, silencieusement mais non sans jeter un regard à Kelia qui dormait paisiblement dans mes draps. Elle était vraiment belle et je m'en voulais d'être incapable de m'asseoir à côté d'elle juste pour la contempler, caresser ses cheveux et réaliser ma chance. Mais tout ça m'était impossible puisque la femme que je rêvais de voir à sa place n'y serait jamais. Sans faire de bruit, j'écoutai les messages laissés par ma mère, David et bien sûr ma sœur. J'entendais du bruit derrière elle, des voix féminines et, à mon grand désespoir, masculines. Et tandis qu'elle me souhaitait une bonne année, j'entendais ce type sans nom lui demander qui elle appelait, lui dire qu'il l'attendait pour la danse qu'elle lui avait promise. Je le sentais insister et j'avais envie de le détruire. Je ressentais ce besoin de hurler qu'elle était à moi, que personne ne pouvait la toucher, seules mes mains devaient y être autorisées. Mais je n'en fis rien, non pas parce que j'avais de la compagnie, mais parce que j'étais conscient de ne pas avoir le droit de souhaiter ce genre de choses. Même en rêver me semblait être trop, et pourtant cela n'empêcha pas Sarah d'envahir mes songes nocturnes lorsque je tombai épuisé dans un lourd sommeil, vers quatre heures du matin.

Le lendemain, je fus réveillé par une délicieuse odeur de café et une main chaude sur ma joue. Je me retrouvais allongé par terre, une couverture reposant sur mon corps presque totalement dénudé. J'avais l'impression que mon dos était détruit et tous mes muscles douloureux témoignaient de nos activités indécentes de la veille. Je ne m'expliquais pas comment j'avais fini par m'endormir à même le sol mais je mettais la couverture sur le compte d'une petite amie bienveillante qui avait dû être surprise de me trouver là à son réveil.

— Bonjour Aurore, me dit-elle en souriant et en déposant un léger baiser sur mes lèvres.

— 'jour…

Je n'avais jamais été du matin et cela sembla la faire sourire. Je n'étais pas de mauvaise humeur au réveil mais j'avais généralement du mal à m'activer. Il me fallait au moins une heure pour réussir à mettre mon cerveau en marche afin qu'il guide le reste de mon corps. Cependant, il m'était possible de parler et parfois même de réfléchir avant de le faire.

— Aurore… Alors tu es Philippe, mon prince charmant ?

Elle se mit à rire doucement et cela me fit sourire. J'essayai de ne pas penser à Sarah mais je ne pus m'en empêcher. Dans cette situation, elle m'aurait évidemment expliqué qu'une des versions de l'histoire originale disait que la princesse, sans nom, s'était fait violer dans son sommeil par ce prince et qu'en aucun cas elle ne voudrait être associée à un pareil criminel. Puis, elle aurait probablement continué sa tirade en me parlant des contes originaux et des modifications apportées par Disney. Mais ma sœur n'était pas là et Kelia était une petite amie formidable qui avait été chercher des viennoiseries dans je ne sais quelle boulangerie ouverte un premier janvier, et avait préparé un café qui me tentait plus que tout autre chose à ce moment précis. Je me levai donc avec difficulté pour la rejoindre sur le clic-clac et petit-déjeuner après lui avoir murmuré un nouveau « Bonne année » agrémenté d'un baiser sur la joue.

Nous passâmes la journée devant la télévision à regarder des émissions et téléfilms pitoyables. Entre deux, nous faisions ce qui se rapprochaient tant de l'amour mais n'était qu'un acte sexuel intense dénué de passion sincère. Je me sentais presque heureux, j'étais assez serein et détendu et même si je ne pouvais ressentir l'intense émotion qui me faisait tant vibrer avec Sarah, je me sentais bien et confiant pour cette nouvelle année. Je n'imaginais pas être si loin de la vérité.

Nous passâmes quatre mois que je qualifierais d'assez satisfaisants, et avions donc largement dépassé les trois que m'avait initialement réclamés Kelia. Notre période d'essai était terminée et nous étions entrés dans un CDI à temps plein au cours duquel nous rîmes beaucoup, sortîmes avec nos amis, et usâmes à outrance nos deux corps. Ce fut au printemps que les choses changèrent, le jour de mon anniversaire précisément. Je passai ce 5 mai en compagnie de mes plus proches amis, David et Kelia, et de leurs amis respectifs, et alors que tout semblait se passer à merveille, les choses basculèrent pour ma petite amie et moi sans que je comprenne vraiment comment nous en étions arrivés là.

Mes deux partenaires étaient dans la cuisine de mon propriétaire tandis que nous les attendions dans le salon. Ils semblaient essayer de mettre les bougies sur un gâteau confectionné par Naïma lorsque j'entendis David me crier « Will, viens chercher ton téléphone. C'est ta sœur ! » et juste lorsque je me levai pour le rejoindre en cuisine et récupérer mon mobile que j'avais laissé à côté de l'évier, j'entendis quelque chose se briser. Je me hâtai et trouvai une Kelia livide. Je ne l'avais jamais vue dans cet état et je m'inquiétai sérieusement pour elle. Lorsque je tentai de poser ma main sur son bras pour m'assurer qu'elle allait bien, elle m'évita et son regard voilé d'un mélange de tristesse et de dégoût se posa sur moi. J'y vis également une certaine incapacité à croire en quelque chose qui m'était encore inconnu à cet instant. Ce ne fut que lorsqu'elle parla d'une voix brisée, que je compris.

— Ta sœur s'appelle Sarah…

Elle se souvenait des lettres et de cette soirée de nouvel an que nous avions passée ensemble, elle n'avait pas oublié ce nom et j'aurais pu nier car c'était un prénom populaire, mais je n'avais jamais su mentir. Et lorsqu'elle vit mon visage se décomposer, elle obtint la réponse qu'elle n'était pourtant pas prête à entendre. Elle me jeta le téléphone qu'elle tenait encore, étant probablement celle qui avait entendu la sonnerie, et se mit à pleurer sans pouvoir se retenir. Elle me cracha un simple « Tu me dégoûtes… » à peine murmuré qui me coupa le souffle et sortit rapidement de la cuisine.

— Il se passe quoi, mec ?

Je n'arrivai pas à répondre à David, je ne pus que prendre appui sur le plan de travail pour ne pas tomber et je ne sus même pas quoi penser de la situation. Je me sentais juste honteux, non pas d'aimer ma sœur, j'avais fini par m'y faire, mais de ne pas réussir à tomber amoureux d'une femme aussi incroyable que Kelia et de lui faire du mal. Je ne pus que dire faiblement à mon ami qu'elle était au courant pour Sarah, et il partit pour la rattraper en me promettant de gérer la situation. J'avais confiance en lui, je n'étais pas inquiet pour moi, j'étais juste anéanti et fatigué par ces événements et mes sentiments impurs.

Il me sembla apercevoir mon propriétaire quelques minutes plus tard mais je n'en eus la confirmation que lorsqu'il revint et m'aida à m'asseoir sur une chaise sans dire un mot. Je devinai qu'il avait demandé à ses enfants d'aller dans leur chambre et, au silence enveloppant la maison, je savais qu'il avait congédié tous ceux présents pour célébrer ma naissance. J'avais vingt ans ce jour-là, la belle affaire. Ce n'était pas plus important que la majorité atteinte par ma sœur quelques semaines plus tôt ou que les rides qui commençaient probablement à marquer le visage de ma mère. J'étais indifférent face au temps qui passait parce que j'étais mort de l'intérieur et que je n'attendais plus rien du futur. Mensonges. Au fond, j'avais toujours de l'espoir, un brin d'espérance. Je continuais à croire que la flamme de ma passion ardente pourrait un jour sortir de mon corps pour venir envelopper Sarah. Mais j'étais conscient du risque de nous brûler tous les deux. Je n'avais rien contre l'enfer mais je ne pouvais pas imaginer mon ange dans les braises maudites.

J'étais assis, les yeux dans le vide, à penser à cette femme que je n'aurais jamais, alors que celle que j'avais blessée était probablement en larmes quelque part. Je me sentais monstre mais sans la laideur extérieure. J'étais épuisé par le poids que je traînais avec moi partout où j'allais, c'était devenu trop. Sans pouvoir me contrôler, je me mis à pleurer comme un enfant, hoquetant entre deux tentatives pour reprendre ma respiration. Ma poitrine était tellement douloureuse que j'avais le sentiment que j'allais en mourir même s'il n'en était rien. Mais lorsque doucement mes soubresauts se calmèrent, Achir posa sa main sur la mienne et la tapota. Il parla peu mais ce fut suffisant parce que rien ne pourrait me réconforter et je n'avais pas le cœur à entendre des paroles creuses.

— Tu es un bon garçon, Will. Mais tu portes une trop grande souffrance en toi. Laisse-la sortir, libère-toi et commence à marcher vers le bonheur. N'attends pas qu'il soit trop tard pour essayer d'être heureux.

Quand il eut quitté la pièce pour me laisser un peu d'espace afin que je puisse réfléchir, je me remis à pleurer de plus belle. J'étais faible face à la douceur des gens, Sarah m'avait rendu comme ça en étant elle-même d'une infinie tendresse. Mais je ne retins pas mes larmes et je ne me sentis pas honteux de pleurer, je l'étais déjà assez d'avoir des sentiments malsains.

Lorsque le jour commença à s'éloigner, annonçant que plusieurs heures étaient passées et que je n'avais pas bougé de ma chaise, mon ami revint et posant une main réconfortante sur mon épaule, il prit place à côté de moi. Je n'osais pas lever les yeux car j'avais peur de ce que j'allais trouver dans les siens. Je l'entendis soupirer et je devinais qu'il cherchait ses mots.

— Je ne vais pas te mentir, elle est dans un sale état. C'est une chose de savoir que tu aimes quelqu'un, c'en est une autre d'apprendre qu'elle partage ton sang, je pense.

Je hochai la tête, incapable de faire plus et continuai à contempler la table sous mes doigts. David ne savait pas quoi dire et je ne lui facilitais pas la tâche en restant muet à côté de lui.

— Écoute, on savait qu'un jour ça finirait mal. On ignorait les détails mais tout ça était assez prévisible, depuis le début. Quant à Kelia, elle était bien consciente de la souffrance qui allait résulter de votre relation alors ne prends pas tout le blâme sur toi.

Il soupira et je ressentis sa lassitude face à mon comportement négatif et défaitiste. David se sentait triste pour moi, en bon ami qu'il était, mais il n'aimait pas les gens qui se laissaient aller et c'était exactement ce que j'étais en train de faire. Je baissais les bras et tombais dans l'indifférence, me vidant de mon âme pour ne plus être qu'une coquille vide. Alors, d'une dernière tape sur l'épaule, mon ami me laissa, en espérant probablement que la nuit me ferait du bien. Et je l'espérais aussi, je m'insupportais moi-même mais je n'avais pas encore la force d'aller de l'avant. L'avais-je vraiment eu un jour ? J'avais le sentiment de faire du sur place depuis des années.

Cette nuit-là, je dormis mal et il en fut ainsi jusqu'à ce que je puisse revoir Kelia. Je devais lui parler et même si j'ignorais ce que j'allais pouvoir lui dire, il fallait que j'essaie. Mais je dus attendre deux semaines avant de la croiser à nouveau dans les couloirs de l'université.

Chapitre 22

« Je ne supporte plus d'être loin de toi, le gris de mon quotidien a besoin des couleurs de ton âme. »

Elle était belle comme toujours, mais son visage était marqué. J'avais attendu de la voir pendant deux semaines mais lorsqu'elle fut face à moi, j'envisageai de prendre mes jambes à mon cou et de rentrer chez moi pour ne plus jamais en sortir. C'est elle qui fut la plus brave des deux et s'approcha de moi. Elle me murmura que nous devions parler et je la suivis sans me soucier des cours que j'allais manquer. À cet âge-là, on privilégie les gens qu'on aime à nos études qui pourtant devraient être notre priorité. Et à l'âge adulte, on imagine mal devoir manquer une journée de travail pour s'occuper d'un chagrin d'amour qui nous semble être un problème dérisoire. Les priorités sont tellement différentes pour les personnes passées dans le monde des adultes que je m'inquiétais toujours d'en devenir un. Je ne voulais pas oublier ce qu'aimer pouvait faire à notre cœur et à celui de ceux qui nous sont chers, je voulais me souvenir.

Kelia nous mena vers l'extérieur, sur un des bancs où nous avions tous l'habitude de nous retrouver. Je n'osai ni parler, ni la toucher et j'attendis bêtement qu'elle prenne la parole pour savoir où me situer.

— Je suis désolée, Will...

Elle se mit à pleurer et je n'entendis pas la tristesse attendue dans ses larmes, c'était de la culpabilité qui résonnait. Je ne compris pas et me tournai immédiatement vers elle. Je voulus lui demander de m'expliquer mais je n'en eus pas le temps. Elle reprit de plus belle, ne se contrôlant pas.

— Je t'ai dit que tu me dégoûtais, je t'ai balancé ça parce que j'étais triste et désemparée mais ce n'est pas vrai. Pardon...

J'appris plus tard que mon amie avait beaucoup souffert du jugement des autres lorsqu'elle était au collège et qu'elle avait été persécutée jusqu'à que son père s'en aperçoive et la change d'établissement. Elle gardait les marques en elle et ne supportait pas d'imaginer qu'elle ait pu me faire tant de mal. Kelia connaissait la force des mots et elle regrettait ceux qu'elle m'avait adressés.

— Ne t'inquiète pas, il n'y a pas de mal et honnêtement, je me dégoûte moi-même...

— Arrête, Will. Tu es dans cette spirale négative depuis que je te connais et même si tu te la joues cool, je sais maintenant ce que tu caches et ce qui te ronge. Je ne vais pas te réconforter aujourd'hui, j'ai moi-même besoin qu'on me remonte le moral, mais si tu ne te reprends pas, tu finiras ta vie seul et malheureux. Probablement un peu misérable aussi.

Je savais qu'elle avait raison et que David partageait son opinion. En réalité, j'étais du même avis mais je n'arrivais pas encore à me remettre et à enfin avancer. Je me promis de m'accorder un peu de temps seul, loin de tout, pour reprendre ma vie en main. Et au milieu de mes pensées égoïstes, ayant presque oublié la peine de mon amie, j'entendis sa voix douce briser le silence.

— Je sais que tu ne veux pas l'entendre mais je t'aime, je t'aime sincèrement. Alors je ne peux pas te soutenir dans ton amour, pas plus que je ne peux supporter de te voir chaque jour en simple ami.

Mes doigts se resserrèrent sur le banc avec force. Je savais que le prix à payer était de la perdre, mais c'était une amie précieuse et cela restait douloureux. Cependant, son « Pour le moment en tout cas… » faiblement murmuré, tel un soupir, me réconforta.

— Je suis sûrement cruelle mais mon amour n'est pas assez pur pour que je puisse te souhaiter d'être heureux avec une autre que moi. Tout ça, c'est des conneries de toute façon, quand on aime quelqu'un on ne peut pas sincèrement vouloir qu'il soit heureux avec une autre personne. C'est de l'indifférence ça, pas de l'amour.

Je la laissai parler, sentant qu'elle avait besoin de vider son cœur, de se défouler sur moi et tout ce qui nous entourait. Elle était malheureuse et énervée, je ne pouvais que comprendre son désespoir. Alors je me contentai de l'écouter, me gardant bien de la toucher même si j'avais très envie de la serrer contre moi pour la réconforter. Et quand elle eut fini de déverser sa haine et sa peine, elle redevint celle que je connaissais, l'amie qui usait elle aussi d'humour et savait faire preuve d'une espièglerie tout à fait charmante.

— Si tu tournes un jour la page, viens frapper à ma porte. J'aurais sûrement un petit ami parfait à ce moment mais tu peux quand même essayer. Peut-être que je te reprendrai. Qui sait ?

Elle m'offrit un de ses plus beaux sourires et j'y lus toute sa force, toute l'énergie qu'elle avait puisée en elle pour ne pas craquer. Puis, elle déposa un simple baiser sur ma joue et me laissa là, seul avec moi-même.

Je consacrai les semaines qui suivirent à me reprendre en main. Je me plongeai dans les études et dans mon travail où la bonne humeur me revint au contact de Luke qui ne savait que sourire depuis la naissance de son fils. Et lorsque j'avais un peu de temps libre, j'en profitais pour me promener, profiter de la nature et surtout réfléchir. J'avais trop longtemps choisi de mettre mes sentiments de côté et de faire comme s'ils n'existaient pas, pensant bêtement que cela me permettrait de ne pas trop souffrir. Mais comme souvent dans une situation où l'amour est impliqué, il valait mieux prendre le problème de front qu'essayer de le contourner et le laisser nous poursuivre jusqu'à nous épuiser de cette course. Je fis donc le point sur mes sentiments et en conclus qu'il m'était impossible d'effacer Sarah de mon esprit et encore moins de mon cœur. J'en étais follement amoureux et j'aurais eu beau mettre tous les efforts du monde, tout mon acharnement, à essayer de l'oublier, ça n'aurait pas marché. Je pris donc le parti d'accepter ma situation et de continuer à l'aimer. J'étais conscient de l'aspect immoral et malsain de mon amour mais puisqu'il n'y avait rien que je puisse faire, je choisis de m'en accommoder.

L'été approchait et la fin de l'année avec. Je me sentais serein et j'étais heureux de constater que Kelia revenait vers moi petit à petit. Elle me disait bonjour le matin et participait parfois à des discussions auxquelles je prenais moi-même part, et progressivement un lien d'amitié se redessina. Je n'abusais cependant pas de sa gentillesse et je veillais à ne rien faire de déplacé. Mes gestes à son égard étaient un peu mécaniques et probablement trop contrôlés mais c'était déjà mieux que rien. La vie semblait avoir repris des couleurs et le soleil ne se cachant plus derrière les nuages y était probablement pour quelque chose.

Début août, je profitais de deux semaines de vacances bien méritées pour me reposer. David m'avait proposé de le rejoindre à

Angoulême mais j'avais décliné pour rester un peu seul. J'envisageais de l'y retrouver pour ma deuxième semaine de repos mais rien n'était encore sûr. Kelia, quant à elle, faisait un voyage avec ses parents, une sorte de rituel depuis toujours d'après ce qu'elle m'avait dit. Cette année, ils étaient partis se perdre quelque part entre le sable et les pyramides de l'Egypte si prisées par les touristes. De mon côté, je savourais le calme dans les rues et je comptais sur ma douche pour m'empêcher de prendre feu en cette chaleur bordelaise intense. Ce fut justement à la fin d'un de mes nombreux passages sous le jet d'eau tiède – j'avais appris de mes erreurs et ne prenais plus de douches froides – que j'entendis la sonnette qui allait faire basculer l'équilibre précaire que j'avais réussi à construire.

Vêtu uniquement de mon pantalon en lin et les cheveux encore humides, je me précipitai vers la porte d'entrée, manquant de tomber après avoir trébuché sur mes chaussures, et ouvris en étant agité et inquiet d'avoir trop longtemps fait attendre mon visiteur inattendu. Lorsque je vis la personne sur mon pallier, mon cœur en prit un coup.

— Sarah ?

Chapitre 23

« Tu es la personne qui me fait le plus pleurer, mais tu es aussi celle qui fait naître le plus de sourires sur mon visage. Tu es l'être à l'origine de mes plus beaux éclats de rire, des émotions les plus intenses et de la passion ardente qui brûle en moi. »

Elle était là devant moi, plus belle que jamais. Ses boucles brunes étaient remontées en un chignon décoiffé, probablement à cause de la chaleur, et ses grands yeux noisette me regardaient avec intensité. Je ne savais quoi y lire, de la tristesse sûrement mais aussi de la joie de me voir, de la contrariété pour les appels auxquels je n'avais pas répondu et une multitude d'autres émotions. J'aurais pu me perdre dans la contemplation de sa silhouette parfaite justement présentée dans sa robe immaculée, mais elle ne tarda pas à se jeter dans mes bras. Je la dépassais d'une bonne tête et je la sentais toujours si fragile dans mon étreinte, si délicate que j'avais peur de la briser en la serrant trop fort. Mais c'était tellement bon de la sentir contre moi, de pouvoir humer son parfum et d'avoir sa peau contre la mienne. Je sentis ses mains se poser sur ma joue et passer dans mes cheveux, ses lèvres caressèrent ma joue un peu trop près de ma bouche et j'en perdis presque le contrôle. J'avais passé presque deux ans à la fuir et maintenant qu'elle était là, je m'imaginais des choses et prenais la tendresse d'une sœur pour des caresses amoureuses. La distance ne m'avait pas immunisé, au contraire elle m'avait rendu totalement fou. Mes muscles se contractèrent autour d'elle et je puisai en moi pour trouver la force de m'écarter.

— Qu'est-ce que tu fais là, Sarah ?

Ma voix était faible, un peu cassée et clairement marquée par mon désir et ma frustration. Mais ma sœur n'en tint pas rigueur.

— Je viens vivre à Bordeaux.

J'écarquillai les yeux et notai l'énorme valise et le sac aux pieds de ma sœur. J'ignorais si elle plaisantait où si elle comptait vraiment s'installer ici mais la seconde hypothèse me semblait être impossible, je refusais d'y croire. Je secouai la tête comme pour y remettre les choses en place et l'invitai à entrer. Je pris sa valise et la rentrai avec son sac. Je n'eus pas à faire de visite, le studio n'était pas très grand et le tour était rapidement fait. Elle s'arrêta net devant les deux toiles qu'elle m'avait offertes et qui étaient les seules décorations de mon foyer. Elle les frôla de ses doigts fins mais ne dit mot. Je ne sus quoi dire, je sentais l'ambiance peser lourdement dans la pièce et j'étais conscient que c'était de ma faute mais je n'arrivais pas à parler. J'étais encore sous le choc de la voir sur le pas de ma porte, m'annonçant qu'elle allait vivre à Bordeaux. C'était de la folie, j'avais passé des mois à la fuir et même si j'étais loin d'avoir cessé de l'aimer, il me semblait que me bâtir un avenir, aussi bancal soit-il, était encore possible. Et en quelques minutes, d'un regard, de quelques mots, du simple balancement de ses hanches et de l'unique effluve de son parfum, Sarah avait refait de moi un homme faible dont la part animale était prête à se jeter sur elle.

— Pourquoi tu as pris tes valises avec toi ?

Mes questions étaient sèches et froides et j'espérais qu'elle n'en serait pas blessée car j'essayais juste de toutes mes forces de ne pas montrer que j'étais fou d'elle. Mais j'étais réellement curieux de comprendre. Je ne savais pas encore pourquoi elle était à Bordeaux et son envie d'y vivre me sembla être une idée un peu incohérente sur l'instant, mais le plus intriguant restait la présence de ses affaires dans mon studio. Si elle était juste venue m'annoncer son installation en ville, pourquoi tout prendre avec elle ? Elle décrocha son regard de ses peintures pour le poser sur moi et son silence pesa très lourd. Je compris immédiatement ce qu'elle avait l'intention de faire mais c'était impossible. Je ne pouvais pas l'accueillir chez moi et ce n'était pas lié au manque de place. J'allais devenir fou si elle vivait ici avec moi, j'en étais certain.

— C'est impossible, Sarah. Tu ne peux pas rester là.

Je vis la tristesse dans ses yeux et son incompréhension. J'étais son frère et nous avions toujours eu une relation fusionnelle alors la distance qu'elle ressentait entre nous et qui s'était formée pendant ces deux années de séparation était probablement incompréhensible et blessante pour elle. Pour rien au monde je ne voulais lui faire du mal, elle était la personne la plus précieuse pour moi et cela ne risquait pas de changer. Je me serais fait détester d'une femme quelconque, mais il m'était impossible de faire ça avec ma propre sœur qui était bien trop attachée à moi et que j'aimais beaucoup trop. Alors je me retins de me prendre la tête dans les mains et pourtant je sentais mon crâne prêt à exploser et mon cœur pesait douloureusement sur ma cage thoracique. Mais je m'abstins de montrer mon conflit intérieur à Sarah.

— Pourquoi pas ? C'est le problème d'espace qui te gêne ? Le fait de ne pas pouvoir recevoir ta petite amie si ton emmerdeuse de sœur est dans les parages ? Ou juste parce que t'es devenu un gros con en deux ans ?

— Sarah…

— Non, parlons-en. C'est quoi ton problème ?

Je la sentais énervée, non pas par mon attitude du moment mais bien par tout ce qui s'était passé pendant deux ans. Ma réponse n'arrangea rien.

— C'est compliqué.

— Compliqué ? Tu veux que je te dise ce qui est compliqué ? C'est de devoir vivre seule dans une grande maison parce que son père est mort, sa mère travaille trop et son frère a préféré traverser le pays pour commencer une nouvelle vie. Ce qui est compliqué, c'est d'avoir à apprendre à tout gérer seule alors qu'on déteste la solitude. Etre entouré de gens qui ne nous connaissent pas et à qui on fait croire que tout va bien, écrire à une personne qu'on aime mais qui ne nous répond pas, finir par prendre son courage à deux mains pour aller voir cette personne et s'excuser d'une faute qu'on a sûrement commise mais qu'on ignore, ça c'est compliqué !

Elle craqua sur sa dernière phrase et fondit en larmes. J'étais bien trop faible face à la tristesse de ma sœur et dans cette tirade enflammée je sentis toute sa peine et le poids qu'elle avait dû porter seule sur ses épaules. Cette petite fille qui s'accrochait à moi par peur de la solitude avait été contrainte d'avancer seule parce que je l'avais abandonnée, incapable de continuer à prendre soin d'elle après le lui avoir pourtant promis lorsque nous étions enfants.

— Je suis désolé, pardonne-moi…

Et comme elle le fit quatre ans plus tôt, elle m'excusa d'un simple « C'est pas grave » et se perdit dans mon étreinte, me serrant comme si sa vie en dépendait. Je la laissais verser toutes les larmes encore présentes en elle sans jamais la lâcher, caressant parfois ses cheveux, parfois son dos, et en dépit de la chaleur rendant cette étreinte moite et presque inconfortable, je me sentis bien contre elle. J'avais le sentiment d'être à la maison, de me trouver exactement là où je le devais, au bon endroit. Ce n'était malheureusement pas le cas et je finis par me détacher d'elle doucement lorsqu'elle fut calmée. C'est avec difficulté qu'elle accepta la séparation et baissa ses yeux rougis pour fixer un point invisible sur le sol. Il fut un temps où rien n'aurait pu la mettre mal à l'aise, pas vis-à-vis de moi en tout cas. Mais certaines choses avaient apparemment changé et elle ne semblait plus aussi confiante en ma présence, pas concernant ses faiblesses du moins. Cela me mit un certain coup mais je n'en laissai rien paraître.

Après qu'elle se fut rafraîchie, je lui parlais de mon emploi du temps et lui expliquai que, même si j'avais deux semaines de vacances, j'allais ensuite passer pas mal de temps au café. Elle me demanda de lui parler un peu plus en détail de cet emploi, de mon patron, de sa femme et de leur fils. Puis elle m'interrogea sur mes études, mes voisins, mes amis et toutes ces choses qu'elle n'avait pas pu partager avec moi à cause de la distance et surtout de mon silence. Installés de biais sur le canapé, nous rattrapions deux ans de séparation en nous racontant les événements-clés de ces quelques mois passés éloignés. Je m'abreuvais des mots de ma sœur mais ma gorge se desséchait immédiatement après. Ma soif d'elle avait pris en intensité avec le temps nous séparant, et je redevenais cet adolescent incapable de se maîtriser. Mes yeux, ces traîtres, refusaient de se poser ailleurs que sur cette peau à peine hâlée qui rendait ma soif presque insupportable. Je déglutis avec difficulté et lorsque ma sonnette retentit pour la seconde fois de la journée, je fus à la fois surpris et soulagé de pouvoir m'éloigner de l'objet de mon désir. D'un air amusé mais interrogateur, j'accueillis un Ismet souriant et je compris alors que Sarah avait contacté mon propriétaire avant de venir. La connaissant, elle avait voulu s'assurer qu'elle serait autorisée à rester avec moi et que cela ne dérangeait pas Achir. Bon comme il était, il avait bien évidemment accepté et avait gardé le secret pour que cela reste une surprise. Pour le coup, j'avais été surpris.

— Papa vous invite à manger ce soir pour fêter son arrivée !

Mon jeune ami semblait vraiment excité par cette perspective et j'ignorais s'il avait développé une sorte d'attachement particulier pour ma sœur à travers mes récits mentionnant son amour inconditionnel pour les livres, mais il était en tout cas ravi qu'elle soit présente et sa manière de se tortiller pour regarder derrière moi montrait son désir de la voir en vrai. Impossible malheureusement car un mur séparait l'entrée de la pièce principale et même si cela n'en faisait pas réellement une pièce indépendante puisque les deux restaient rattachées, cela empêchait quiconque à l'entrée de voir l'intérieur de mon studio.

— On sera là vers dix-neuf heures, bonhomme.

Puis je lui fis signe de rentrer chez lui tout en souriant face à sa moue. Ismet avait définitivement un petit coup de cœur pour ma sœur sans même l'avoir rencontrée. Je ne pouvais que le comprendre et même si cela m'aurait rendu jaloux d'un homme autre que lui, mon jeune voisin était trop innocent et adorable pour que je sois autre chose qu'amusé par son comportement.

— Je crois que le fils de mon propriétaire est amoureux de toi, dis-je à ma sœur une fois de retour dans la pièce.

— Le petit Ismet ? Mais, je ne l'ai jamais rencontré.

— Pourtant tu connais son nom.

— Parce que tu m'en as parlé dans une lettre.

— Et bien il faut croire que je lui ai assez parlé de toi pour qu'il en vienne à t'aimer sans t'avoir rencontrée.

Je souris à Sarah, essayant de rester impassible alors que je n'avais qu'une envie, lui hurler qu'elle était parfaite et qu'il n'y avait rien d'étonnant à ce qu'un jeune adolescent sain comme Ismet soit attiré par elle, considérant les éloges faites à son sujet par mes soins. Je crus voir un léger voile rouge teinter les pommettes de ma sœur et mes doigts brûlèrent d'envie de se poser sur sa joue pour effacer ce qui semblait être de la gêne, mais je n'en fis rien. Parce que j'avais probablement imaginé tout ça et parce qu'un frère ne caresse pas la joue de sa sœur sans raison, pas comme un homme le ferait à une femme avant de l'embrasser tendrement pour lui montrer son amour.

Après avoir repris une douche chacun à notre tour et avoir enfilé une tenue assez légère, ce qui n'arrangeait pas mon affaire car Sarah était décidément bien trop belle pour ma sérénité d'esprit, nous nous rendîmes chez mes voisins et fûmes accueillis avec enthousiasme. Naïma et Ismet s'accaparèrent ma sœur et je finis dans la petite cours avec Achir pour l'aider avec les grillades. Mais plus que l'aider, je lui tenais compagnie. Il me confirma que Sarah l'avait appelé avant de venir pour être sûre que sa présence ne serait pas un problème, et il me fit l'éloge de cette femme que j'aimais tant.

— C'est une bonne petite, bien élevée et très douce. C'est bien ta sœur.

Alors que j'avais apprécié les compliments à son sujet, j'eus un peu plus de mal à prendre plaisir à entendre qu'elle partageait mon sang. C'était une vérité mais chaque fois qu'elle me frappait, j'avais un peu plus de mal à m'en remettre. Je m'abstins de répondre quoi que ce soit qui aurait pu trahir mes sentiments, et je fis mon possible pour ne rien laisser paraître. Achir et moi partageâmes une bière fraîche tout en surveillant la cuisson de la viande tandis que ma sœur et les deux enfants de la famille installèrent la table. J'observais Sarah discrètement mais je ne dus pas l'être assez car mon voisin me donna une tape amicale sur le dos en souriant chaleureusement, comme attendri par le spectacle.

— Tu l'aimes vraiment beaucoup.

— Plus que tout.

Ma réponse ne fut qu'un murmure qui se perdit dans l'air étouffant de l'été.

La soirée se passa étonnamment bien. Je parvins plus facilement que prévu à mettre mes sentiments négatifs de côté et pris plaisir à voir mes deux familles interagir. Ismet avait définitivement beaucoup d'affection pour Sarah et elle ne fit qu'intensifier ses sentiments en étant simplement elle-même, totalement parfaite. Objectivement, bien sûr. Je me délectais de ses sourires et m'enivrais de ses mots qu'elle utilisait pour partager quelques anecdotes sur notre enfance et sa vie actuelle. Elle évita cependant de parler de nos parents et je ne pus m'empêcher de m'inquiéter pour ma mère. Je l'avais trouvée faiblarde la dernière fois que je lui avais parlé et même si j'avais espéré que cela ne soit qu'une fatigue passagère, le silence de ma sœur ne me rassurait pas. Je me gardais cependant de faire un quelconque commentaire, j'avais tout le temps de discuter avec Sarah et d'en savoir plus. Je pouvais voir dans ses yeux le poids qu'elle portait sur ses fragiles épaules et j'avais bien l'intention d'en apprendre plus afin de pouvoir prendre la charge sur mon propre dos.

Il était presque minuit lorsque nous regagnâmes mon studio et l'alcool consommé au cours du repas n'arrangeait pas la température de mon corps. Il en était probablement de même pour elle car elle m'indiqua qu'elle allait prendre une douche froide immédiatement. Je partageai alors avec elle mon expérience et lui conseillai de se contenter d'eau tiède si elle ne voulait pas le regretter après. Je profitai de son absence pour faire de la place afin d'ouvrir le clic-clac et rajouter un coussin supplémentaire. Lorsqu'elle revint, vêtue uniquement d'une culotte et d'un débardeur, je faillis m'étaler sur le sol en trébuchant dans ma table basse. Des jambes interminables et fermes, recouvertes d'une peau à se damner. Mais ce n'était pas le plus visible qui était le plus excitant, mais bien ce qu'on devinait. Je pouvais voir la pointe de ses seins forcer le tissu de son débardeur et je crus en perdre la tête. Sans un mot, je me précipitai à mon tour dans le placard qui me servait de salle de bain et oubliant mes propres conseils, je pris la douche la plus froide possible, tentant vainement de me refroidir et de faire redescendre l'excitation. Mais je ne parvins pas à obtenir le deuxième effet voulu et dus me soulager sans faire le moindre bruit. Tout mon corps était douloureux comme si chaque muscle était contracté et que le reste de mon organisme ne parvenait pas à le supporter. Lorsque j'eus terminé, je ne m'en trouvai pas plus détendu pour autant et c'est faiblement que je sortis de la douche. J'entourai une serviette autour de ma taille et lorsque je revins dans la pièce principale, je trouvai ma sœur endormie. Le voyage avait été long, au moins sept heures, et je comprenais sa fatigue. J'enfilai un boxer, éteignis la lumière et m'installai juste à côté d'elle. Je m'autorisai à la contempler quelques minutes avant de dormir. Eclairée par la lune qui était visible par le biais de la fenêtre laissée ouverte la nuit pour la fraîcheur, elle était plus belle que jamais. Je détaillai son corps avec avidité et eus grand mal à me retenir de poser mes doigts sur cette perfection tellement proche de moi. Je ne me permis même pas de l'embrasser sur la joue ou de humer son odeur. Elle devait sentir comme moi après avoir utilisé mes produits et imaginer ma marque sur elle éveilla immédiatement ma masculinité. Je m'empressai donc de m'allonger dos à elle. Cette nuit-là, je mis sûrement deux ou trois heures à m'endormir et ce ne fut pas à cause de la chaleur étouffante mais bien à cause de ma sœur.

Chapitre 24

« Il y a trop d'amour en moi, trop d'amour pour toi. »

Je me réveillai le corps trempé de sueur et la chaleur qui irradiait de ma sœur en était en grande partie responsable. Sa jambe traversait le haut de mes cuisses et son front touchait mon bras. J'étais en train de mourir de chaud mais paradoxalement je n'avais pas envie de bouger. Mais lorsque je la sentis se mouvoir à côté de moi, indiquant qu'elle était en phase de réveil, je me glissai hors du lit lentement et partis prendre une douche. En été, à Bordeaux, on passe plus de temps dans sa salle de bain qu'à l'extérieur. Il y a bien sûr la possibilité d'aller à la plage mais quand on n'a pas de voiture il faut prendre un bus spécial et c'est un peu long. Je n'y allais donc que très rarement, mais j'espérais pouvoir y emmener Sarah. Il était de toute façon vital de nous occuper afin que mon esprit ne divague pas trop en sa présence. Lorsque je regagnai la pièce principale, je trouvai ma sœur assise sur le clic-clac déjà replié. Elle ne prononça aucun son et prit ma place sous la douche immédiatement. Elle n'avait jamais été du matin mais apparemment son cas s'était aggravé avec les années. Je profitai de son absence pour aller chercher des viennoiseries car je n'avais rien de très sucré dans mes placards. Je déjeunais rarement et comme Sarah était arrivée à l'improviste, je n'avais rien prévu. Lorsque je revins, je n'entendis plus la douche mais elle se trouvait encore dans le placard – salle de bain, je lui servis un verre de lait frais, puis un de jus d'orange pour moi, et je sortis mes achats. J'espérais sincèrement que ses goûts soient toujours les mêmes qu'avant.

— Hey, l'entendis-je me saluer.

— Hey.

Elle était là, bien réveillée cette fois et toujours aussi belle. Elle déposa un baiser sur ma joue qui poussa mon corps à se raidir pour contrer le désir, et prit place sur le clic-clac. Je m'installai à côté d'elle et lui tendis les viennoiseries. Lorsque je vis un sourire se dessiner sur son visage, je l'interrogeai du regard.

— Tu dis chocolatine toi aussi maintenant ?

— Je n'en achète pas assez souvent pour changer mon langage.

L'éternel débat du pain au chocolat contre la chocolatine en fonction de la région. En deux ans, j'avais effectivement pris quelques habitudes bordelaises que ce soit dans ma manière de me comporter ou de parler, mais assez peu au final. J'expliquai à ma sœur que David était la personne avec qui je passais le plus clair de mon temps et que considérant qu'il n'était pas d'origine bordelaise, il n'avait pas lui-même de manies propres à la région. Du coup, je n'étais pas influencé non plus. La seule chose que j'aurais pu éventuellement adopter de sa manière de parler, c'était la façon dont il plaçait des mots anglais dans la plupart de ses phrases. Mais il s'était calmé un peu à ce niveau.

Nous prîmes notre petit déjeuner en silence puis je demandai à Sarah ce qu'elle voulait faire aujourd'hui. Je me retins d'ajouter que j'étais tout à elle pendant deux semaines, comme si j'avais peur qu'elle interprète mal mes propos.

— Fais-moi visiter Bordeaux ! C'est la première fois que je viens et la ville a l'air magnifique.

— Je vais visiter avec toi parce que je n'ai jamais vraiment pris le temps ni la peine de me promener dans les rues.

— Mais enfin, qu'est-ce que tu faisais de ton temps libre ?

Je pensais à toi et me morfondais sur mon existence misérable de frère indigne ?

— Je révisais ou me reposais.

— C'est d'un ennui…

Sa remarque me fit sourire mais je n'ajoutai rien. Tandis qu'elle terminait son petit déjeuner, je m'emparai de mon ordinateur pour faire une recherche sur les lieux et monuments à voir à Bordeaux. Ils étaient nombreux et j'avais peu d'espoir de pouvoir tous les faire en une journée mais je préparai un programme pour cette première sortie. Il était tôt, même pas encore huit heures du matin, et nous avions donc largement le temps. Puisque nous étions dans le quartier, je prévoyais de nous faire commencer par la basilique Saint-Michel, puis nous remonterions les quais afin de découvrir la place de la Bourse. Toujours à pieds, nous passerions devant le musée d'Aquitaine puis le Grand Théâtre avant de pénétrer dans la rue Sainte-Catherine. J'imaginais que Sarah apprécierait de pouvoir faire un peu les magasins et je me doutais que nous aurions besoin de manger et de nous reposer également. Après une telle journée, j'étais sûr que nous dormirions paisiblement.

Armée d'un petit sac à dos contenant je ne savais quoi et d'un appareil photo accroché à son poignet, Sarah était prête à partir en visite. Alors que nous nous dirigions vers la cathédrale, je lui parlai du marché de Saint-Michel et lui expliquai qu'elle devait absolument vivre un de ces événements. Je me promis de l'y emmener le samedi suivant.

Haut de plus de cent mètres, le clocher de la basilique s'élevait fièrement vers le ciel dégagé au-dessus de nous. J'essayais de me souvenir un peu de ce que Naïma m'avait appris à son sujet afin de partager ces connaissances avec ma sœur qui était bien plus intéressée par l'histoire et l'architecture de Bordeaux que je ne l'étais moi-même. C'est elle qui me reprit pour m'indiquer que le monument faisait exactement cent quatorze mètres de haut et qu'il était considéré comme l'un des plus hauts de France. Elle me raconta un peu son histoire et je perdis le fil lorsqu'elle se mit à mentionner les momies dormant dans la crypte située sous le clocher. Finalement, je ne pus lui donner aucune information qu'elle ne connaissait déjà, mais cela ne l'empêcha pas de prendre beaucoup de plaisir à admirer la construction et à prendre des photos. Lorsqu'elle sembla rassasiée de cette bâtisse, nous remontâmes les quais tranquillement. Ils étaient vivants sans être animés, et calmes sans être déserts, et nous profitâmes de l'ombre offerte sur le trottoir par certains commerces pour ne pas fondre sous le soleil qui était déjà chaud de bon matin. Il fallait compter une quinzaine de minutes pour se rendre sur la place de la Bourse et le trajet fut presque trop court. Sarah n'avait de cesse de m'attraper le bras pour me montrer quelque chose sur la droite puis sur la gauche. Tel un enfant à Disneyland, elle semblait fascinée par tout ce qui nous entourait. Mais sa joie se multiplia par dix lorsque nous arrivâmes à la place de la Bourse et qu'elle découvrit de magnifiques bâtiments et surtout, le miroir d'eau de l'autre côté. Cette pièce d'eau de plus de trois mille mètres carrés est un des points de rendez-vous bordelais des jeunes comme des plus âgés et des familles. Les jets d'eau s'activaient de manière aléatoire et je compris au regard de ma sœur que nous allions nous mouiller un peu.

Lorsque nous arrivâmes devant l'immense tapis humide, nous retirâmes nos chaussures et les déposèrent avec nos affaires à un endroit au sec. Puis nous avançâmes afin que le bout de nos pieds entre en contact avec le sol humide, et Sarah me jeta son regard joueur avant de me saisir la main. Elle se mit à courir sur le miroir d'eau en m'entraînant avec elle. Essayant d'éviter d'être totalement trempés par les jets, nous riions comme des enfants. Elle me poussait d'un côté, puis je la maintenais au-dessus d'un jet en action, recevant autant d'eau qu'elle, et lorsque nous fûmes trempés et fatigués, nous regagnâmes la sécheresse de la pierre et nous laissâmes tomber à côté de nos affaires, essoufflés. Nos corps humides chauffaient sous l'intensité du soleil et nous finîmes par être mal à l'aise dans nos vêtements, mais cet inconfort n'entacha en rien notre bonne humeur. Nous nous sentions comme des enfants et même si nous n'étions pas loin d'en être encore, cela faisait un bien fou d'avoir le droit de se comporter comme tels le temps d'une journée. Si nous étions encore des gosses, je pourrais sans nul doute me pencher sur ma sœur pour lui voler un baiser et remettre l'incident sur le compte de l'insouciance et d'un amour fraternel. Si je le faisais aujourd'hui, personne ne se douterait de notre lien de parenté mais ceux qui le sauraient nous pointeraient du doigt. Pourtant en tant qu'adultes, ne devrions-nous pas être autorisés à faire nos propres choix, même s'ils déplaisent ? Finalement nous étions toujours des enfants sans être autorisés à faire les mêmes erreurs et nous étions jugés comme des adultes sans en avoir les mêmes droits. Mais à cet instant, cela m'était bien égal. J'étais avec Sarah et j'étais heureux. Je me sentais chez moi, je me sentais complet.

Un peu fatigués par une nuit courte et une course sous les jets, nous passâmes rapidement devant le musée d'Aquitaine mais Sarah souhaita s'arrêter au Grand Théâtre pour faire quelques photos. Elle trouvait cet opéra particulièrement attractif et adorait l'ambiance qui s'en dégageait. Elle resta plantée devant pendant de longues minutes, ébahie et clairement captivée par l'architecture.

— C'est un édifice majestueux. Tu sais qu'il est classé monument historique ?

Je lui souris en posant mes mains sur ses épaules pour la guider vers la rue Sainte-Catherine. Si je ne l'avais pas sortie de sa transe, nous serions sûrement restés devant cette bâtisse antique pendant des heures. Il n'était pas encore midi mais j'avais encore pas mal de choses de prévues pour nous. Alors nous nous engageâmes dans la rue Sainte-Catherine et y passâmes un long moment. Ma sœur n'était pas férue de shopping mais elle apprécia l'animation de la rue piétonne et sembla encore émerveillée par ce qui se produisait devant ses yeux.

— Je vais adorer Bordeaux. Je l'adore déjà !

— Tu ne m'as toujours pas dit ce que tu faisais là.

— Je te le dirais quand tu arrêteras de te montrer désagréable sur le sujet.

Je soupirai, ne pouvant que comprendre son agacement. J'accueillais mal l'idée de la voir vivre si près de moi parce que je ne me faisais pas confiance. Et ce qui m'énervait encore plus, c'était qu'au fond de moi j'étais plus qu'heureux de la savoir à mes côtés, si proche. J'avais tout de même envie de savoir combien de temps elle comptait rester et qu'est-ce qu'elle comptait faire. C'était mon rôle de grand frère, ou plutôt mon excuse pour l'interroger.

— Si tu veux vivre chez moi, tu me dois des explications.

Cette fois c'est elle qui soupira et s'arrêta en plein milieu de la rue. Je la poussai doucement dans le dos pour l'inviter à se mettre sur le côté. Il était assez mal vu de bloquer le flux de cette rue piétonne très fréquentée. Nous en profitâmes pour acheter des glaces et enfin elle m'expliqua. Elle m'annonça qu'elle avait eu son BAC avec mention, ce dont je n'avais pas douté mais je la félicitai quand même comme si c'était une surprise, et qu'elle avait décidé de poursuivre dans l'art. Elle avait donc choisi de faire une licence Arts Plastiques à l'université Michel-de-Montaigne. La même que moi. Mon université. J'étais fichu.

Elle continua son récit, m'expliquant sa décision, mais je n'étais déjà plus avec elle. Elle allait vivre chez moi et fréquenter la même université. Il aurait suffi qu'elle vienne aussi travailler au café et je n'aurais plus réussi à respirer. Passer du temps avec elle était plaisant, bien trop plaisant, et c'était justement ça le problème. Plus j'étais en sa compagnie et moins je réussissais à me contrôler.

— Je ne vais pas rester chez toi, ne panique pas comme ça. Je comprends qu'avoir sa sœur sur le dos est loin d'être le rêve d'un homme mais il me faut un peu de temps pour me retourner.

Je détestais cette pointe de tristesse que je pouvais entendre dans sa voix et je ne pus m'empêcher de prendre sa main dans la mienne et de déposer un baiser sur sa tempe. Un baiser qui dura peut-être un peu trop longtemps.

— Il n'y a pas de souci. Tu peux rester autant de temps que tu le veux. Si cette fac peut te permettre d'avancer vers tes objectifs, je suis le premier à te soutenir. Tu sais que je suis ton plus grand fan.

Elle m'offrit un sourire timide qui me donna envie de ravager ses lèvres mais je n'en fis rien. J'étais bien moins qu'un homme en sa présence, j'aurais pu être son esclave, sa chose, j'aurais fait n'importe quoi pour elle.

Après nous être arrêtés pour manger un bout, nous continuâmes notre promenade et lorsque nous aperçûmes un salon de piercings et tatouages, je découvris que Sarah voulait elle aussi se faire tatouer. Nous en avions parlé plus jeunes mais je pensais que l'idée lui était sortie de la tête depuis. De mon côté j'économisais un peu chaque mois pour me payer le tatouage de mes rêves. J'avais une idée plutôt claire de ce que je voulais, mais j'avais besoin de trouver une sérénité intérieure sans laquelle cela n'aurait aucun sens. Elle me confia que comme moi, elle avait toujours l'intention d'en avoir un, mais qu'elle attendait d'avoir une révélation sur ce qu'elle ferait. L'un comme l'autre aimions les symboles et voulions un tatouage profond que nous ne regretterions pas après des années. Une petite voix dans ma tête me chuchotait cruellement que le mien aurait forcément un rapport avec Sarah mais je la fis taire.

Lorsque nous arrivâmes sur la place de la Victoire à l'autre bout de la rue Sainte-Catherine, je constatai qu'il était encore tôt et que nous avions finalement le temps de visiter un peu plus. Alors nous prîmes une rue parallèle à celle sur laquelle nous avions marché afin qu'elle puisse voir la tour Pey Berland et l'Hôtel de ville. Je remerciais intérieurement Kelia d'avoir insisté pour nous faire découvrir Bordeaux, sans quoi je n'aurais rien eu à montrer ou à raconter à ma sœur qui était pourtant passionnée par ce genre de choses.

J'envisageai ensuite de terminer par la célèbre librairie Mollat dont j'avais tu l'existence jusque-là. Et comme je l'avais prédit, elle en devint folle. J'avais gardé cet élément pour la fin car j'avais peur que tout le reste perde de la saveur après cette découverte et j'avais bien fait. Nous passâmes presque toute l'après-midi dans les différents rayons et je crus même un instant que Sarah allait se mettre à pleurer de bonheur. Je me sentais revivre en voyant la joie éclairer son visage. Depuis son arrivée, je l'avais trouvée un peu pâle et même si j'ignorais encore ce qui la travaillait comme ça, j'étais comblé de pouvoir redonner de la couleur à son âme. J'avais beau la fuir - pour son bien - elle restait l'être le plus précieux en mon monde et je ne pouvais que souhaiter son bonheur.

La journée avait été merveilleuse mais j'étais éreinté lorsque nous rentrâmes à mon studio et j'eus du mal à ouvrir le clic-clac avant d'enlever presque tous mes vêtements pour me jeter en caleçon sur ce lit de fortune, à plat ventre. Sarah semblait mieux se porter que moi et je me demandais si elle était devenue plus résistante avec le temps ou si j'étais plus faible à cause de mon planning chargé. Quoi qu'il en fût, j'étais à l'agonie.

— J'ai mal partout…

Ma voix n'était que faiblesse et douleur, j'avais l'impression d'avoir couru un marathon alors que nous nous étions contentés de marcher quelques kilomètres. Je ne réalisai pas ce que Sarah s'apprêtait à faire avant que je ne sente ses mains se poser sur mon dos nu. J'allais lui dire que ce n'était pas la peine afin d'éviter de me mettre dans une situation embarrassante mais lorsque ses paumes commencèrent à appuyer à des endroits douloureux, je crus mourir de plaisir et de soulagement. Je ne parvins pas à l'arrêter et je n'y pris finalement aucun plaisir malsain, j'avais réellement besoin d'un massage. Je devinais à ses gestes précis que ma mère lui avait appris quelques petites choses et je l'en remerciai intérieurement. Mon corps se détendit progressivement jusqu'à plonger totalement dans un lourd sommeil dont même la chaleur ne le sortit pas.

Chapitre 25

« La vérité peut être dangereuse et parfois nous payons le prix de notre honnêteté. Il arrive que nous n'acceptions pas d'entendre ce qui est vrai, et il arrive aussi que nous soyons incapables de dire le fond de notre pensée, de nous faire comprendre une bonne fois pour toutes. »

Les jours défilèrent à une vitesse folle. Nous passâmes le reste de la semaine à alterner entre les visites et les moments détentes devant de vieilles séries de notre enfance. Lorsque le cœur nous en disait, nous allions boire un verre dans un des nombreux bars de Bordeaux et parfois nous en profitions pour faire une promenade nocturne. J'étais tellement heureux et serein en sa compagnie que j'en oubliais parfois que ce bonheur n'était qu'un rêve et que j'allais devoir me réveiller un jour. J'avais le sentiment que Sarah et moi nous rapprochions physiquement, que nos mains s'égaraient parfois et nos baisers, très fréquents, se rapprochaient trop souvent des lèvres. J'étais ivre de ces instants sans comprendre comment ils pouvaient me sembler si réels. Il était impossible que Sarah partage mes sentiments et pourtant j'étais certain de ne pas avoir imaginé ses tentatives de séduction et ses regards désireux. J'aurais aimé être assez courageux pour en discuter avec elle et savoir si peut-être elle était curieuse de découvrir son corps et celui d'un homme. Alors, je lui aurais expliqué que ce n'était pas possible entre nous mais que nous pouvions en parler, que sa réaction était normale. Malheureusement, j'étais bien trop faible et je préférais me contenter de la situation et y prendre plaisir, abusant vulgairement de la faiblesse et de l'innocence de celle qui m'était si précieuse.

Le mardi de notre seconde semaine de cohabitation, je me réveillais encore un peu endolori par nos différentes vadrouilles en ville. Sarah mettait un point d'honneur à passer chez Mollat à chaque sortie et je ne savais plus trop où nous allions mettre ses livres. Ce matin-là cependant je n'y pensai pas. Je découvris avec surprise le petit déjeuner à côté de moi et un petit mot écrit de la main délicate de ma sœur.

Je suis partie faire quelques courses avec Naïma. Je reviens pour midi avec le déjeuner alors ne prépare rien !

Je regardai ma montre et découvris qu'il était presque l'heure de manger. J'ignorais comment j'avais réussi à dormir autant en dépit de la chaleur suffocante, mais j'en étais ravi. Les vacances étaient faites pour se reposer et la température ne m'avait pas aidé à bien dormir jusqu'à cette nuit. Je pris une douche, rituel de l'été, et mis la table lorsque j'entendis la porte d'entrée s'ouvrir. Les deux jeunes femmes complices entrèrent les bras chargés de plats dégageant une odeur délicieuse. En dépit de mon petit déjeuner quelques minutes plus tôt, mon ventre émit une plainte à la fois divine et douloureuse, m'indiquant son envie ardente de goûter à ce que tenaient Sarah et Naïma. Je compris vite qu'il s'agissait d'un couscous et elles m'expliquèrent qu'elles s'étaient levées extrêmement tôt pour le préparer. Il me semblait même que la préparation avait débuté la veille sans que je le sache mais je n'en fus pas certain. Sarah était cependant très heureuse et fière d'avoir cuisiné ce plat et lorsque nous passâmes à table après que ma jeune voisine nous ait quittés, je ne taris pas d'éloges à son sujet. Elle en fut ravie et nous commençâmes donc la journée dans la bonne humeur. Mais lorsque le déjeuner fut terminé, ma sœur eut l'étrange envie de titiller la vérité pour découvrir des choses que j'étais certain de ne pas vouloir dévoiler.

— Comme quand on était petits, le jeu de la vérité !

— Tu penses pas qu'on est trop vieux pour ça, justement ?

— Pas du tout. S'il te plaît !

Elle se saisit fermement de mon bras et me regarda de ses yeux pleins d'espoir auxquels j'étais parfaitement incapable de résister. J'étais un homme faible et malheureusement elle en avait bien conscience. Je soupirai en m'enfonçant un peu plus dans le canapé et l'invitai à commencer. Après avoir pris le temps de réfléchir à sa question, elle me rappela que nous n'étions pas autorisés à mentir, qu'elle ne me pardonnerait jamais de le faire, et que nous n'avions droit qu'à un joker nous permettant de passer une question à laquelle nous ne souhaitions pas répondre. Un joker et pas un de plus. Elle insista vivement sur ce point. Et lorsqu'elle jugea que j'avais bien enregistré les règles, elle commença.

— Est-ce que tu m'en veux pour quelque chose ?

— Pas du tout, je te le promets.

Cette première question était assez simple et j'étais soulagé bien que toujours inquiet que ce jeu ne tourne mal pour moi. J'avais cependant moi aussi envie de savoir certaines choses à son sujet.

— Pourquoi as-tu décidé de venir étudier à Bordeaux ?

— Parce que tu me manquais. Et aussi parce que cette université proposait la licence que je voulais. Mais pour toi avant tout.

Je me sentais à la fois excité et heureux par sa réponse et à la fois ennuyé qu'elle mette son avenir en péril à cause de moi. Par chance, Bordeaux pouvait lui offrir les études dont elle rêvait, je n'avais donc pas à trop culpabiliser.

— Est-ce que tu as, ou as eu, une petite amie pendant ces deux ans ?

— J'en ai eu une, dis-je hésitant, mais on s'est séparés.

— Pourquoi ?

— Ce n'est pas à toi de poser une question !

Je lui souris et elle fit la moue, comme une enfant. Mais je ne cédai pas car je savais que si je la laissais faire son interrogatoire, j'étais fichu. La sentant particulièrement intéressée par ma vie amoureuse, comme le seraient la plupart des femmes de mon entourage, je décidai de m'intéresser à la sienne en espérant que puisqu'elle était celle qui avait abordé le sujet, elle ne se poserait pas de questions quant à l'origine de ma curiosité.

— Et toi, tu sors avec ce Benjamin dont tu m'as parlé ?

— Peut-être, peut-être pas…

— Ce n'est pas une réponse et tu le sais. Soit tu utilises ton joker, soit tu réponds.

Pour rien au monde je ne voulais qu'elle utilise son joker, j'avais besoin de savoir et tant pis si je brûlais déjà intérieurement de jalousie.

— C'est juste que je n'ai pas de réponse claire. On ne sort pas vraiment ensemble mais… on se découvre l'un l'autre.

— Je ne suis pas sûr de comprendre…

J'avais peur d'avoir au contraire parfaitement compris.

— Je parle de sexe.

— Est-ce que tu es en train de me dire que tu découvres le sexe avec un mec qui n'est même pas ton petit ami ?

— Tu dis ça comme si c'était la pire chose possible. Je te signale que tout le monde fait ça. Les filles se préparent pour être parfaite le jour J.

— Tu plaisantes, j'espère ?!

Cette fois, je me levai d'un bond, hurlant sur Sarah. Ma réaction était loin d'être excessive, même sans sentiment amoureux à son égard je serais devenu fou en l'entendant tenir de tels propos. C'était ma sœur et elle représentait la pureté pour moi, je n'y pouvais rien. Après avoir tourné et viré en parlant dans ma barbe et en m'énervant sous son regard, je finis par mettre des mots sur ma plus grande crainte, mais je ne pus que les chuchoter.

— Ne me dis pas que tu as perdu ta virginité avec ce Benjamin…

Je marquai une pause pour l'entendre me répondre mais lorsqu'elle resta silencieuse, je la jugeai immédiatement coupable et je perdis le contrôle.

— Tu es inconsciente ! On ne couche pas avec n'importe qui et surtout pas lorsqu'on est une femme ! Et ne va pas me parler d'égalité des sexes, tu sais très bien que les gens s'en foutent. Tu sais ce qu'ils diront de toi ? Que tu es une fille facile, qui écarte les cuisses à la première occasion ! C'est à cause de ça que tu es partie ? Parce que les gens disent du mal de toi maintenant ? Sois honnête !

— Tais-toi ! Tais-toi !

Je me tus uniquement parce que j'entendis la boule se former dans sa gorge, signalant les larmes qui lui montaient. J'étais loin de penser qu'elle était une fille facile, et en réalité je considérais que chacun pouvait faire ce qu'il voulait de son corps. À moins d'être ma sœur. Cela n'avait aucun sens, j'en étais conscient, mais cela m'était bien égal. De plus, je savais ce que les gens diraient d'elle, que ça lui ferait du mal, et j'avais tout à coup peur qu'elle soit en fait partie pour fuir les ragots. Elle me détrompa.

— Je n'ai pas perdu ma virginité avec lui ! Si tu veux tout savoir, notre découverte n'a été que verbale. Et tu veux une bonne nouvelle ? Je suis toujours vierge ! Et si je le suis, c'est tout simplement parce que je suis la seule idiote qui se préserve pour l'homme qu'elle aime. Sauf que ce même homme est un abruti qui ne me voit même pas ! Tu es content maintenant, c'est bon ?!

Avant que je ne puisse la rattraper ou dire quoi que ce soit, elle quitta la maison. Je ne savais pas si j'étais soulagé qu'elle soit encore vierge ou déchiré par le fait qu'elle soit amoureuse d'un homme, assez pour préserver son innocence dans l'attente qu'il la lui vole… Je ne trouvai pas la force de courir après elle. Je m'en voulais de l'avoir fait pleurer une fois de plus alors qu'elle n'était là que depuis quelques jours, mais je n'arrivais pas à me tempérer lorsqu'elle était le sujet de discussion. « Tu es un vrai con », fut ma seule pensée cohérente.

Lorsque la nuit pointa le bout de son nez et que le soleil s'effaça discrètement, l'inquiétude me gagna. J'avais fait le tour du quartier, sans oublier d'aller chez mes voisins, sans grand succès, et lorsque je l'appelais je tombais immédiatement sur sa messagerie. Ma sœur était plutôt débrouillarde mais j'étais, moi, d'un naturel inquiet à son sujet, à l'extrême.

— Laisse-lui encore un peu de temps. Si vous vous êtes disputés, elle cherche peut-être à te faire comprendre que tu lui as fait de la peine.

— Elle n'est pas comme ça, elle n'aurait pas tenu aussi longtemps. Je suis certain qu'il lui est arrivé quelque chose…

Achir avait beau essayer de me rassurer, je sentais que quelque chose n'allait pas. Lorsque la nuit fut pleine et que l'œil accusateur de la lune se posa sur moi, je décidai de partir à sa recherche. Tant pis si je devais retourner Bordeaux, pour Sarah je le ferais. Je demandai à mes voisins de rester près du téléphone et de me prévenir si elle revenait, et je partis faire le tour du quartier encore une fois. Ma recherche fut de nouveau vaine et j'entrepris ensuite de retourner vers tous les lieux que Sarah connaissait, espérant l'y voir. Malheureusement, un incident sur la ligne de tramway m'obligea à faire la plupart du trajet à pieds et je perdis plus d'une heure à chercher dans des endroits où elle n'était pas. Lorsque je m'arrêtai un instant, essoufflé, à côté de l'Hôtel de ville, et entendis les douze coups de minuit retentir, la réponse m'apparut comme une révélation. Mollat. C'était l'endroit qu'elle connaissait le mieux puisqu'elle m'y traînait presque tous les jours. La librairie était fermée à cette heure-ci et même si je doutais qu'elle ait réussi à réaliser son rêve de s'y faire enfermer le temps d'une nuit, je me mis à courir dans sa direction, convaincu qu'elle se trouverait là-bas.

Les rues étaient calmes, seuls quelques jeunes et touristes se promenaient encore et l'ambiance estivale se ressentait même dans la nuit noire. Mais j'imaginais ma sœur perdue quelque part, effrayée à l'idée de devoir dormir dehors. Je ne comprenais pas pourquoi elle n'était pas encore rentrée, elle n'était pas du genre rancunière, et aurait déjà dû être revenue, mais j'étais certain qu'elle ne l'avait pas fait exprès. Je n'en connaissais pas encore la raison mais cela m'importait peu. Une fois à l'angle de la librairie, je me mis à hurler son nom et sans reprendre mon souffle je la cherchai. Je ne mis que quelques minutes avant de la découvrir assise par terre contre une des portes de Mollat, recroquevillée sur elle-même et les yeux rougies par les larmes. Ma tension chuta et je tombai devant elle, m'emparant de son visage et l'embrassant frénétiquement sur le front, les joues, la tempe et toutes les parties accessibles. Je la pris dans mes bras et la serrai de toutes mes forces, me souciant peu de lui faire mal car c'était la seule façon pour moi de retenir mes larmes. Elle ne prit pas cette peine et se remit à pleurer en se blottissant contre moi. Elle essaya de m'expliquer entre deux sanglots tandis que je lui murmurais de se taire, que tout allait bien maintenant. Je compris cependant que l'incident sur la ligne du tram l'avait bloquée ici et que, lorsqu'elle avait voulu rentrer à pieds en suivant son GPS, elle s'était rendue compte que son téléphone n'avait plus de batterie. Elle aurait pu demander de l'aide mais elle était trop fatiguée mentalement pour faire quoi que ce soit et elle avait simplement baissé les bras et s'était installée là. De mon côté, je lui dis que j'étais désolé, que mes mots avaient dépassé ma pensée et que je n'avais pas voulu lui faire du mal. Je m'abstins de lui exprimer combien je l'aimais mais elle le sentit probablement à ma respiration témoignant de mes heures de recherches et à l'étreinte que je ne desserrais pas. Nous restâmes un moment ainsi, sur le sol, et je refusais de la lâcher. Au contraire, je pris sa place à terre et l'entraînai au-dessus de moi pour qu'elle puisse correctement se lover contre ma poitrine. À cet instant, je me fichais de qui pourrait nous voir et de ce qu'on penserait de nous, je me moquais même de ce qu'en penserait Sarah, j'avais besoin de la sentir contre moi. Elle ne sembla cependant pas dérangée et se colla davantage à moi. Je sentis ses lèvres contre mon cou et même si la raison m'intimait de la repousser, mon amour pour elle fut plus fort et l'autorisa à continuer. Je ne comprenais pas bien ce qui était en train de se passer entre nous et je n'avais pas la force de m'y attarder. Nous n'allâmes néanmoins pas plus loin et lorsque nous fûmes plus calmes, je l'invitai en silence à se relever. Je lui pris la main et, toujours sans un mot, nous rentrâmes à la maison.

Naïma enlaça ma sœur dès que nous arrivâmes et que nous allâmes leur annoncer que je l'avais retrouvée. Ismet lui offrit aussi une rapide étreinte et Achir nous sourit chaleureusement en nous souhaitant une bonne nuit. Nous prîmes une douche à tour de rôle, moi après elle, et lorsque ce fut fait, je la rejoignis dans le lit. Je me mis sur le côté et la pris dans mes bras, son dos reposant contre mon torse et sa croupe dessinant les contours de mon entre-jambe. Lorsqu'elle se mit à se mouvoir contre moi, ma main se crispa sur le drap et même si mon corps ne fut pas de mon avis, je saisis sa hanche pour la maintenir stable et l'empêcher de me torturer.

— Arrête, Sarah. Je ne suis qu'un homme… lui murmurais-je, comme par peur d'être entendu.

— Pourquoi pas ? me répondit-elle aussi faiblement.

— Ce n'est pas avec moi que tu dois découvrir ce genre de choses.

— Et si c'est avec toi que je veux le faire ?

— Arrête, tu ne sais pas de quoi tu parles…

J'avais le sentiment d'être ivre et qu'elle l'était aussi, que notre cœur avait pris un coup avec son escapade et que nous n'étions maintenant plus capable de différencier le bien du mal. Je me levai d'un coup, l'abandonnant dans mes draps pour me jeter de nouveau sous la douche. J'avais tellement envie d'elle que la douleur de devoir la rejeter en fut presque insupportable. Elle n'imaginait pas les sentiments que j'avais pour elle. Tandis qu'elle voyait en moi un frère, une personne de confiance qui pourrait lui faire découvrir cette chose si intime qui ne se partage pas avec n'importe qui, je nourrissais pour elle des sentiments extrêmes que je tentais de garder secrets. L'idée même de la toucher et de la faire mienne était aussi plaisante qu'elle était malsaine, mais c'était surtout l'avenir qui me retenait de céder à sa demande. Si je la goûtais, j'étais certain de ne plus réussir à m'en passer après. Elle serait comme une drogue et aucune cure ne pourrait m'en défaire. Alors ce soir-là, je ne pris aucun plaisir à me soulager moi-même, ne parvenant malheureusement ni à me satisfaire, ni à éliminer mon dégoût de moi-même. Et mon cœur ne s'apaisa pas lorsque je constatai en revenant me coucher que ma sœur s'était endormie, épuisée par son chagrin, après avoir encore pleuré à cause de moi. Le drap humide à côté de son visage témoignait de mes péchés et je m'allongeai dos à elle comme pour ne pas voir ce que je détruisais avec mes pensées inconvenantes.

Chapitre 26

« Si je ne peux avoir ton cœur, je prendrai ton corps en compensation. Mais toi et moi, nous savons que tu es déjà à moi, entièrement. »

Plusieurs jours passèrent au cours desquels nous fîmes comme si rien ne s'était produit. Pourtant la tension était palpable et je fus ravi de reprendre le travail. Ainsi, nous allions pouvoir passer un peu moins de temps ensemble et j'allais probablement réussir à mieux gérer la situation. Lorsque j'arrivai au café le premier jour de reprise, Luke écarquilla les yeux.

— C'est moi ou t'es encore plus fatigué qu'avant tes vacances ?

— C'est le cas…

— Comme dirait Steph, « Les jeunes ne pensent qu'à faire la fête ! ».

— Vous n'êtes pas si vieux tous les deux, vous en avez conscience ?

— En fait, elle parle souvent de moi quand elle dit ça. Du coup, oui, je me sens toujours jeune. Y'a qu'elle qui se sent vieille. C'est un truc de filles, ça.

Nous nous mîmes à rire alors que je passai derrière le comptoir pour l'aider à installer la vitrine.

— Puisqu'on parle de fille, qui est celle qui te met dans cet état ?

— Ma sœur.

J'avais répondu sans vraiment réfléchir et mon cœur s'arrêta net.

— Ce n'est pas la réponse que j'attendais mais bon, c'est une fille après tout.

Sa réponse et son petit rire pas si discret me soulagèrent et je me détendis. J'avais tendance à m'inquiéter de tout, oubliant la majeure partie du temps que mon entourage n'était pas au courant de mes noires pensées et que, pour eux, j'étais simplement un frère très protecteur. C'était en tout cas ce que la plupart des gens disaient à ma mère lorsqu'ils la croisaient à l'hôpital pendant son service. Elle connaissait tout le monde et tout le monde nous connaissait. En d'autres mots, rien ne pouvait lui échapper et chaque fois qu'on faisait une bêtise elle finissait par l'apprendre de la bouche de quelqu'un d'autre si on n'osait pas le lui dire avant. Mais à force d'être punis doublement, nous avions pris l'habitude de nous confesser immédiatement pour alléger le châtiment. « Faute avouée à moitié pardonnée. » Notre génitrice appliquait cette règle.

Penser à ma mère me serra le cœur et je dus être longtemps perdu dans mes pensées car lorsque Luke claqua des doigts devant mes yeux, la boutique était éclairée et ouverte. La journée passa à une vitesse folle et quand il fut temps pour moi de partir, mon patron me demanda assez sérieusement si je consommais une drogue quelconque. Je me mis à rire et bien qu'amusé, il m'expliqua qu'il fallait absolument qu'il s'entraîne pour être un bon père. Il me confia qu'il avait longtemps consommé de la drogue avec Stéphanie, allant du cannabis à la cocaïne, mais qu'ils avaient arrêté net après qu'une des connaissances de leur cercle avait fait une overdose. C'était la première fois que je le voyais si affecté mais je n'eus pas le temps de lui offrir mon réconfort car, en quelques minutes, il afficha de nouveau un visage radieux. Je réalisai à cet instant que j'étais loin d'être le seul à porter des secrets et à en souffrir. Cela ne me soulagea pas mais je me sentis compris d'une certaine façon.

Je n'avais pas vu la journée passer et il en fut ainsi jusqu'à mi-août. Sarah passait plus de temps avec Naïma et Ismet qu'avec moi et nous nous contentions de petites discussions en soirée avant que je tombe de fatigue sur mon clic-clac. Je fuyais et j'en étais parfaitement conscient, mais je ne voyais pas d'autres solutions pour éviter que nous nous retrouvions dans cette situation qui m'était insupportable. Tout aurait pu se passer au mieux si ma sœur avait su rester seule et s'occuper comme la plupart des gens. Généralement, elle lisait et pouvait rester plonger dans son livre des heures durant, mais il lui arrivait aussi d'être prise d'une envie soudaine de s'activer. Lorsque je rentrai du travail un jour, je découvris mon studio totalement rangé et nettoyé, dans les moindres recoins. Ma sœur n'était plus là et je découvris un mot m'indiquant qu'elle était sortie faire quelques courses. Je souris tout d'abord en imaginant Sarah astiquer les moindres recoins mais paniquai tout à coup. Je me précipitai sur mon tiroir et l'ouvris pour y découvrir mes lettres maudites. Avaient-elles bougé ? Je ne me souvenais pas de l'ordre de chacune ni de leur emplacement, et il m'était impossible de savoir si oui ou non elle les avait vues. J'ouvris les autres tiroirs et placards et constatai que le désordre était toujours présent, me laissant penser qu'elle n'était pas allée jusqu'à nettoyer l'intérieur des meubles. Mon cœur battait à tout rompre et j'étais près de la crise d'hyperventilation dont j'étais toujours victime lorsque je me sentais enfermé et étouffé. Je réussis à me convaincre qu'elle n'avait rien vu, me rappelant qu'elle aurait fait ses valises et m'aurait probablement fui si cela avait été le cas, mais la peur qui m'avait envahi quelques minutes plus tôt avait laissé place à un demi-soulagement teinté d'angoisse. Je pris le temps de me calmer et de boire un verre d'eau avant de finalement mettre tous ces papiers trop honnêtes dans une boîte à chaussures que je cachai dans la valise que j'avais abandonnée dans l'entrée dès mon emménagement. Je me promis de brûler tout ça plus tard, lorsque j'en aurais le courage.

Sarah arriva ensuite à la maison et sans que j'aie le temps de dire un mot, elle vint me prendre dans ses bras et déposa un baiser au coin de ma bouche. La chaleur de ses lèvres brûla ma peau mais je ne pus m'y attarder car elle me quitta aussitôt pour filer sous la douche. En l'espace de quelques secondes, j'avais senti la chaleur de son corps enflammer le mien, la pointe de ses seins torturer mon âme et son souffle se mêler au mien. J'ignorais ce qu'il lui était passé par la tête mais j'étais partagé entre la satisfaction de la sentir si proche de moi et la part rationnelle de mon être qui ne manquait pas de rappeler à ma folie les limites du tolérable. Il m'arrivait pourtant souvent de vouloir céder à la tentation. J'allais de toute façon finir en enfer si ce lieu divin existait vraiment, alors autant y aller le sourire aux lèvres. Mais de suite après, je me souvenais que Sarah verrait les portes du paradis se refermer devant elle si je faisais ça et simplement pour sauver son âme, je me contentais de pensées et non d'actes.

Je manquai m'étouffer avec ma bière lorsque ma sœur sortit du placard – salle de bain dans une tenue totalement inappropriée. J'avais déjà du mal à supporter ce qu'elle portait pour dormir, une simple culotte accompagnée d'un débardeur, mais là c'était beaucoup trop pour moi. J'apercevais la rondeur impeccable de ses fesses pas totalement couvertes par ce qui semblait être de la soie, son ventre plat et la délicieuse courbe de sa poitrine semblaient me narguer et sa nuque dégagée ne demandait qu'à être goûtée. Elle avait acheté des sous-vêtements qui auraient excité un saint et, si elle avait eu un petit ami, il lui aurait sauté dessus, sans nul doute. J'avais d'ailleurs bien du mal à me retenir. Je me répétais en boucle « C'est ta sœur, c'est ta sœur, c'est ta sœur… », mais ma pensée se terminait toujours par « Putain qu'elle est belle » et cela me rendait fou. Je me détournai d'elle pour une fois encore éviter une situation embarrassante.

— Sarah, tu ne peux pas enfiler quelque chose de plus décent ?

— Pourquoi ? Tu as peur que quelqu'un me voit par la fenêtre ? Achir dit qu'ils sont tous rentrés au pays de toute façon.

Son ignorance n'arrangeait pas mes affaires. J'étais bien sûr soulagé qu'elle ne connaisse pas la nature de mes sentiments à son égard mais de ce fait, elle ne faisait rien pour m'aider. Je l'avais vue nue lorsque nous étions enfants et en tant que frère je n'aurais certainement pas dû avoir de pensées déplacées à son sujet, il était donc évident qu'elle ne pouvait pas se douter de l'effet qu'elle me faisait. Mais tout de même, je lui en voulais de me torturer de la sorte. Du coin de l'œil, je la vis s'installer à plat ventre sur le clic-clac après l'avoir ouvert et se plonger dans son livre. De mon côté, je m'installai à mon ordinateur, évitant la douche pour qu'elle ne se doute de rien mais croisant les jambes pour cacher ce corps incontrôlable qui me trahissait au quotidien. La nuit tomba finalement et lorsque je fus sûr que ma sœur était endormie, je la rejoignis en prenant soin de ne pas la toucher pour ne pas réveiller ce que j'avais mis tant de temps à endormir. Je venais de passer un des pires moments de mon existence et paradoxalement c'était aussi un des meilleurs. Sarah était magnifique et même si j'en souffrais, je ne pouvais pas m'empêcher de la regarder, de la détailler. Elle était belle de l'intérieur comme de l'extérieur et j'enviais l'homme qui partagerait un jour sa vie. J'attendais sa venue avec impatience afin qu'il me remette à ma place et me rappelle qu'elle n'était « que » ma sœur, tout en priant pour qu'il ne vienne jamais.

Les derniers jours de vacances furent les plus horribles. J'avais le sentiment que Sarah faisait tout ce qui était en son pouvoir pour me rendre fou. Un baiser trop près de la bouche, un corps accroché au mien pendant la nuit, une tenue trop légère, un sourire ravageur, un rire cristallin, un mot séducteur… Lorsque septembre pointa le bout de son nez, j'avais tellement envie d'elle que j'étais obligé de me soulager matin et soir, ce qui n'enlevait rien à ma frustration. Il m'arrivait même d'en pleurer discrètement sous la douche tant je la voulais. J'étais à deux doigts de la supplier d'arrêter, de m'épargner, j'étais prêt à tout lui dire et à prier pour qu'elle cesse. Tout pour que cette torture prenne fin. Je m'étais laissé emporter dans ce jeu que ma sœur semblait jouer et je ne savais comment m'en sortir. J'avais fini par comprendre que rien n'était maladroit et que Sarah essayait bien de me faire craquer, je ne comprenais juste pas pourquoi elle tenait absolument à ce que nous commettions un tel péché. Etait-ce une punition ? J'étais amoureux d'elle alors j'avais une certaine explication à mon comportement mais dans son cas, seule la luxure semblait l'animer. Malheureusement, j'étais particulièrement faible face à ses jeux de séduction et je n'étais pas convaincu de tenir très longtemps au rythme où allaient les choses. C'est peu de temps avant la rentrée que tout bascula et que je me perdis définitivement en elle.

Il ne restait que quelques jours avant que nos emplois du temps soient trop chargés pour passer du temps ensemble et, à la demande de Sarah, nous passâmes une de nos dernières nuits à regarder des comédies américaines à l'humour parfois trop tiré par les cheveux. Comme souvent avec ce type de film, il arrivait un moment gênant où les personnages principaux en venaient à coucher ensemble (non, pas forcément à faire l'amour…) et je me sentais embarrassé de regarder ces scènes à côté de Sarah. Tout aurait dû être naturel et simple mais lorsqu'on cultive secrètement un désir pour la personne qui regarde l'écran à côté de nous, on ne peut s'empêcher de se tortiller, mal à l'aise, au moment inévitable où la comédie se transforme en érotisme. Après trois films plus ou moins intéressants, mon corps ne sembla plus être en mesure de supporter chaque contraction de mes muscles visant à garder le contrôle de moi-même. Je ne consultai pas Sarah et éteignis la télévision, nous plongeant dans le noir total. Je réalisai alors que mon idée n'était pas si bonne que ça car, dans le silence pesant de la nuit, j'entendais mon cœur frapper contre ma cage thoracique et ma respiration me sembla plus laborieuse. Alors que j'essayais en vain de me faire plus discret, je sentis le clic-clac bouger sous moi et rapidement, c'est sur mon corps que je sentis quelqu'un. Sarah me chevaucha, s'installant confortablement sur mes cuisses et entourant mes épaules de ses bras nus. Je ne parvins pas à la voir, mes yeux n'étant pas encore habitués à l'obscurité, mais je sentis son souffle se mêler au mien et chacune de ses courbes se fondre dans les miennes. Cette fois, j'en fus certain, ma respiration partit au galop.

— Sarah…

— Arrête de luter, Will. Tu te fais du mal depuis des semaines.

J'aurais aimé lui répondre que je ne voyais pas de quoi elle parlait mais même le plus crédule de tous ne se serait pas mépris sur les signaux renvoyés par mon corps. Je ne pus que me taire et tenter de calmer les battements irréguliers de mon cœur. Mais Sarah joua sensuellement du bassin contre moi et je ne pus que la saisir avec force par les hanches pour la supplier d'arrêter.

— Pourquoi tu fais ça ?

— Parce que c'est ce que je veux, et toi aussi.

— On ne peut pas faire ça et tu sais très bien pourquoi.

Je marquai une pause et, me ressaisissant, je tentai d'être plus ferme et convaincant pour lui faire entendre raison.

— Je t'ai déjà dit que je n'en avais pas envie.

— « Ce sont tes lèvres que je voudrais embrasser et tes courbes que je souhaite caresser. »

Je me figeai instantanément. Elle rapprocha son visage du mien et continua à me murmurer à l'oreille avec sensualité.

— « Je te ferai l'amour tendrement… »

Mes lettres, elle avait lu mes lettres. Si c'était le cas, alors elle connaissait non seulement mon désir pour elle mais aussi tout l'amour que j'avais à son égard. J'étais anéanti, je me sentais honteux et violé en même temps car ces mots étaient privés et je ne voulais pas que quelqu'un les lise, surtout pas elle. J'imaginais qu'elle avait perdu tout respect pour moi et cette pensée me déchirait le cœur. Elle posa cependant sa main sur ma joue et vint embrasser mon front tendrement avant de m'enlacer avec douceur. Elle ne semblait pas dégoûtée, plutôt triste, et son attitude me laissait confus.

— Je t'en veux tellement, Will, d'être aveugle à ce point…

Je sentis sa tristesse mais ne compris pas le sens de ses mots. Je me contentai de la serrer contre moi en lui demandant pardon. Pardon de ne pas l'aimer correctement, pardon d'être un mauvais frère, pardon de l'avoir abandonnée, pardon de la désirer, pardon pour toute la peine que je lui causais. Mais cette fois, elle ne m'offrit pas sa réplique habituelle. Son visage malheureux revint face au mien et doucement, ses lèvres vinrent à la rencontre des miennes. C'était la première fois que je l'embrassai et j'eus le sentiment d'être proche de l'explosion, frappé intérieurement de part et d'autre par l'intensité de mes sentiments. Je m'en voulais de la laisser faire mais je trouvais sa bouche follement goûteuse, je me sentais sale d'être en train d'embrasser ma sœur mais je me sentais bien comme si je faisais la chose la plus naturelle du monde. J'étais triste et heureux en même temps. Pour la première fois, je me laissai aller et répondis à son baiser avec tendresse et parfois passion, alternant le rythme naturellement. Je sentis ses doigts s'emparer de mes cheveux et j'eus l'impression qu'elle les resserrait autour de mon cœur. Elle me tenait entre ses mains, j'étais totalement sien. Cette nuit-là, elle s'endormit dans mes bras, la tête sur ma poitrine, et tout en caressant ses longs cheveux que j'aimais tant, je trouvai moi aussi le sommeil, serein et apaisé pour la première fois depuis plus de deux ans. Je me sentais complet.

Chapitre 27

« Tu as toujours été capable de lire en moi mais aujourd'hui j'ai cette horrible impression que deux ans ont suffi à te faire perdre ce don. Ou bien sont-ce tes sentiments qui te rendent aveugle ? »

Je sortis de mon magnifique rêve dès le lendemain matin et je partis lâchement travailler sans réveiller Sarah, préférant fuir que d'affronter notre nouvelle situation à laquelle je ne comprenais pas grand-chose. Je ne savais toujours pas ce qu'elle attendait de moi mais elle avait clairement décidé d'apporter des changements à notre relation. Malheureusement, j'étais incapable de dire s'ils me convenaient. Et la journée loin de l'objet de mon désir n'avait pas été d'une grande aide. Lorsque je rentrai à la maison en soirée, après avoir traîné le plus longtemps possible dans les rues de Bordeaux, Sarah m'attendait, plus belle que jamais, et un seul regard partagé me fit réaliser que son comportement de la veille n'était pas une simple crise passagère. Il fallait que nous en discutions, j'étais conscient que cela devenait nécessaire, voire obligatoire, mais je ne m'en sentais pas le courage. J'étais tiraillé entre la part faible de mon être qui avait envie de se délecter à nouveau de ses lèvres et plus encore, et la part raisonnable de mon esprit qui me rappelait qu'un simple baiser n'était pas un point de non-retour, aussi incroyable fut-il, mais qu'au-delà, je risquais de ne plus avoir la possibilité de faire marche arrière et tout cela serait irréversible.

— Il faut qu'on parle.

Elle se contenta de hocher la tête et de m'inviter à m'asseoir à côté d'elle sur ce clic-clac qui en avait vu de toutes les couleurs. Si je n'avais pas remarqué ses battements de cils incessants, son agitation ou sa manie constante de s'humidifier les lèvres, j'aurais pensé que Sarah était insensible au désespoir auquel j'étais confronté. Mais je la sentais stressée et mal à l'aise, et je voyais bien qu'elle feignait la confiance. J'ignorais juste pourquoi. Espérait-elle me convaincre plus facilement comme ça ?

— Pourquoi ?

— Pourquoi quoi ?

— Pourquoi est-ce que tu tiens à ce point à faire ces choses avec moi. Tu es une femme intelligente, tu sais que c'est tabou entre frère et sœur.

— Et toi, pourquoi as-tu ce genre de pensées à mon égard ?

— Tu as lu ce qui se rapproche le plus de mon journal intime, je pense que tu y a trouvé ta réponse...

— Je veux que tu le dises.

— Et je ne le ferai pas.

Il était hors de question que je lui dise ces mots, plutôt mourir. Les prononcer rendrait le tout tellement plus réel et insupportable. Je m'y refusais. Soupirant, je trouvai le courage de planter mon regard dans le sien et de répondre avec fermeté, tentant de la sortir de sa folie en lui rappelant qui elle blessait sur son chemin vers un objectif incompréhensible, moi.

— Tu n'as pas besoin de me torturer.

— Je te veux et si je dois utiliser tes sentiments pour t'avoir, je le ferai.

Je fus chamboulé tant par la flamme que je voyais dans ses yeux que par ses mots douloureux. J'aurais aimé lui répondre qu'elle était cruelle de faire ça mais je me sentais sale et mal placé pour critiquer ses émotions et sentiments. Je ne pouvais cependant pas la laisser utiliser ma faiblesse pour faire quelque chose qui la marquerait négativement pour l'éternité et briserait notre relation, ou ce qu'il en restait.

— Tout ça n'a aucun sens, je ne comprends même pas pourquoi tu fais ça.

— Tu ne t'es jamais dit que peut-être je partageais tes sentiments ?

— Jamais.

— Pourquoi ?

— Parce que cela m'offrirait l'illusion que je ne suis pas malsain, que mes sentiments sont naturels et surtout, parce que cela me donnerait l'espoir vain que tu puisses un jour être à moi.

— Tu es tellement convaincu de détenir la vérité et de prendre la bonne décision que si je te disais à l'instant même que je suis amoureuse de toi, tu n'y croirais même pas.

— Tu n'aurais de toute façon aucun intérêt à mentir, je ne répondrais pas plus à tes avances si tu feignais de partager mes sentiments.

Cette discussion n'allait nulle part. Sarah me voulait pour des raisons qu'elle préférait garder secrètes, et parce que je l'aimais comme un fou, fait qui n'était plus ignoré, je me refusais à répondre de manière positive, certain que cela aurait des effets néfastes pour elle comme pour moi. J'étais sûr de faire le bon choix alors pourquoi affichait-elle ce visage si triste, et pourquoi mon cœur se serrait-il à l'idée de lui avoir encore fait de la peine ? Je me sentais comme le méchant de l'histoire alors qu'il me semblait prendre la bonne décision. Mais parfois les choses justes ont un goût amer tandis que nous nous tirons plaisir de l'excitation créée par les mauvais choix que nous faisons. Alors même si ma décision ne m'apportait aucune satisfaction, j'étais persuadé qu'elle était la bonne.

— Je vais passer les derniers jours de vacances chez David, tu peux rester ici. Prends le temps de réfléchir à tout ça en attendant.

— Si je comprends bien, tu préfères fuir ?

— Exactement, et je le fais pour toi.

— Ne fais pas comme si c'était pour mon bien, tu es juste flippé et tu te cherches des excuses. Je... Laisse tomber !

Je sentais qu'elle avait plus à dire, probablement une longue tirade sur ma lâcheté et mon immaturité, et bien que j'aurais adoré l'entendre, il fallait absolument que je parte. J'avais peur qu'elle réussisse à me convaincre, j'étais bien trop faible face à elle et j'avais moi-même besoin de temps pour réfléchir. Sans répondre, je me levai, pris quelques affaires et même si j'eus du mal à la quitter en la voyant si mal, assise seule dans mon studio, je le fis. Encore une décision correcte qui me semblait pourtant si mauvaise...

Chapitre 28

« Atteignons ce point de non-retour où tu seras à moi et incapable de m'abandonner. »

David était revenu d'Angoulême quelques jours plus tôt afin de se remettre dans l'ambiance pour la rentrée. C'était notre dernière année de licence et même si nous n'avions ni l'un ni l'autre de grosses difficultés, nous tenions à la réussir afin de poursuivre notre chemin, les études supérieures pour lui, le monde professionnel pour moi. Il fut en tout cas enchanté de m'accueillir quelques jours et ne m'en demanda pas la raison. Il n'avait pas eu beaucoup de nouvelles de ma part pendant l'été et je sentais qu'il s'interrogeait. Lorsqu'il vit mon visage il comprit rapidement que Sarah était responsable de mon état et je lui confirmai rapidement sa pensée en lui racontant tout depuis le début. Assis sur son lit, il m'écouta attentivement et resta incrédule face à mon récit.

— Oh, shit…

— Franglais, mec.

— Désolé mais, là, c'était approprié. Tu t'es mis dans une belle merde.

— Je n'ai pas choisi, elle a débarqué

comme ça à l'improviste et je ne comprends même pas ce qu'il lui arrive. Y'a quelque chose de différent chez elle et… quelque chose de mort aussi. Je ne sais pas ce qu'elle me cache ni à quoi elle joue, mais je sens que ça va pas. Et je ne peux même pas l'aider parce que je consacre toute mon énergie à résister à ses avances. C'est n'importe quoi !

Je devenais fou. David me tendit une nouvelle bière et m'invita à respirer. J'appréciais sa sollicitude et je me sentais terriblement chanceux que mon meilleur ami ne me juge pas. Il agissait comme si Sarah était une femme comme une autre et pas ma propre sœur, comme si mes sentiments n'avaient rien d'anormaux. Et en un sens, ce n'était peut-être pas une bonne idée.

— Qui te dit qu'elle n'est pas amoureuse de toi, elle aussi ?

— Mec, c'est ma sœur !

— Je crois que tu es la preuve que l'un n'empêche pas l'autre…

Je soupirai et me pris la tête entre les mains, désemparé. Je ne savais plus quoi penser et, malheureusement, je ne pouvais pas compter sur mon ami pour m'aider car j'étais le seul à pouvoir me sortir de cette situation.

— En tout cas, cette nouvelle année promet d'être riche en rebondissements !

— M'en parle pas…

Et il n'imaginait pas être aussi proche de la vérité, un vrai voyant.

Lorsque je revis Sarah, nous nous trouvions à l'université. Elle était magnifique, ses longs cheveux retombaient avec grâce sur sa poitrine, sa robe mettait parfaitement en valeur ses courbes qui me faisaient si souvent perdre la tête, et ses grands yeux noisette transpercèrent mon âme quand elle les plongea dans les miens. Elle vint à ma rencontre et s'autorisa à envahir mon espace vital en venant coller son corps au mien. Je sentis les battements de son cœur contre ma propre poitrine mais je n'eus pas le temps de m'attarder sur leur rythme car elle déposa un baiser sur ma joue avant de m'abandonner là, sans plus d'explication. J'ignorais à quoi elle jouait mais elle venait clairement de faire planter mon système, j'avais un bug. En quelques secondes, elle avait réussi à court-circuiter un homme, ma sœur était un grand hackeur.

Lorsque je retrouvai mes amis à midi, je fus soulagé de constater que Kelia n'avait plus aucun sentiment négatif à mon égard. Elle me serra dans ses bras et se mit à nous raconter ses incroyables vacances. Ce court instant de sérénité prit fin lorsque j'aperçus Sarah. Je lui fis signe de venir. Je savais que j'allais de toute façon devoir la présenter à mes amis et même si je n'avais pas confiance en moi pour réussir à me contenir, je refusais que ma sœur se retrouve seule et perdue dans cette université dont elle ne connaissait rien. Je me levai lorsqu'elle fut à notre niveau et m'adressai à tout le groupe.

— Je vous présente ma sœur, Sarah.

— Bonjour, dit-elle presque timidement.

Je vis les yeux de Kelia s'écarquiller et j'eus tout à coup peur qu'elle ne dise quelque chose. David se garda de tout commentaire mais le petit sourire sur ses lèvres était assez pour m'indiquer qu'il la trouvait très belle. Comme s'il avait pu en être autrement. J'eus envie de lui jeter quelque chose au visage et même si j'appréciais sa compréhension, j'étais gêné qu'il ne réalise pas l'absurdité de la chose et qu'il ne soit pas plus... normal. Parce que la normalité aurait été de me juger négativement, ne serait-ce qu'en privé, et je connaissais trop bien mon ami pour douter de sa sincérité. Il ne voyait aucun inconvénient à mes sentiments pour ma sœur et Kelia, bien que surprise au début, ne semblait pas avoir d'objection non plus. Je la vis se constituer un masque avant de se lever pour faire la bise à Sarah et lui souhaiter la bienvenue à Bordeaux. David fit de même et l'un comme l'autre s'abstinrent de faire une remarque qui aurait pu être maladroite ou gênante, pour moi surtout. Les autres membres de notre petit groupe, que j'appréciais sans pour autant les considérer comme des amis, accueillirent Sarah avec joie. Certains un peu trop. Marc posa une main que je trouvai malvenue sur l'épaule de ma sœur avant de lui baiser les deux joues. J'entendis l'appréciation dans sa voie cajoleuse et je l'éloignai discrètement en invitant Sarah à s'asseoir à côté de moi. Mais cela ne l'empêcha pas de l'interroger sur sa vie, sans oublier l'aspect amoureux.

— Will nous avait caché qu'il avait une sœur, dit Marc accusateur.

— Moi, j'étais au courant, répliqua David.

— Moi aussi, conclut Kelia.

Plusieurs autres personnes annoncèrent qu'eux aussi avaient eu connaissance de l'existence de Sarah, ce qui sembla déranger Marc. Il était évident que je ne lui avais pas parlé d'elle, sa réputation le précédait. C'était un garçon vraiment génial, charmant, intelligent et amusant, mais il n'était pas connu pour son désir d'entretenir une relation durable avec une autre personne, et seules les demoiselles ayant les mêmes envies que lui osaient lui mettre le grappin dessus. Il était hors de question que ma sœur vienne compléter son tableau de chasse. C'était pour cette raison que je ne lui avais pas montré de photo d'elle et que je m'étais même abstenu de lui en parler, pour éviter ce moment où il essaierait de faire d'elle son nouveau trophée.

Perdu dans mes pensées, je ne sentis qu'au dernier moment que Sarah venait de poser sa main sur ma cuisse en passant son bras sous la table, avec une grande discrétion. Surpris, ma jambe se releva et mon genou vint frapper violemment dans la table, m'arrachant un gémissement plaintif.

— Qu'est-ce que tu fous ? m'interrogea Kelia dont la boisson s'était renversée sur sa robe à cause de ma maladresse.

— Désolé, dis-je faiblement, encore gémissant de douleur.

Je jetai un œil à ma sœur dont le sourire difficilement caché n'était perceptible que par moi, puis à mon meilleur ami qui ne parvenait plus à s'arrêter de rire. Je devinais à son regard malicieux qu'il savait exactement ce qui venait de se passer et je me promis de lui faire payer ses moqueries plus tard. Il avait beau être indifférent à ma situation particulière, je lui en voulais d'agir comme si tout était normal et comme si je ne risquais pas à tout moment de voir mon secret affiché au grand jour. Si cela devait arriver, je n'oserais plus me montrer.

Lorsque les cours s'apprêtèrent à reprendre, je prétextai une envie pressante afin d'expliquer à Marc, et Julie, une autre de mes camarades, que je ne pouvais pas faire la route avec eux jusqu'à la salle, et je me dirigeai vers le couloir où ma sœur attendait avec ses nouvelles copines. Je la saisis par le bras et l'entraînai, un peu brutalement, dans un coin isolé. Elle se heurta au mur derrière elle mais mon agacement à son égard était plus fort que mon inquiétude de lui avoir fait mal.

— À quoi tu joues bordel ?!

Je ne lui laissai pas le temps de répondre.

— Ça t'amuse de me mettre dans l'embarras devant tous mes amis ? Tu as envie qu'ils sachent ce que je ressens pour toi ? C'est ça que tu veux ?! Que je sois exclu de mon propre groupe d'amis et que je n'ose même plus montrer mon visage à l'université ? Je travaille comme un fou pour avoir un avenir correct alors avant de tout détruire juste pour t'amuser, réfléchis !

Je la laissai là, au bord des larmes, et je quittai le bâtiment, incapable d'assister au moindre cours. À plusieurs reprises, j'eus envie de faire demi-tour pour aller m'excuser et la prendre dans mes bras mais je n'en fis rien, certain d'être dans mon droit cette fois. Je l'aimais comme un fou, mais en même temps, je lui en voulais terriblement. J'étais déchiré par mes propres sentiments. Une part de moi était trop en colère contre elle pour s'excuser tandis que l'autre n'avait qu'une envie, se jeter à ses pieds et lui demander pardon. J'avais été dur à juste titre mais la tristesse, la culpabilité et la souffrance que j'avais lues sur son visage m'étaient insupportables. L'air frais qui frappa mon visage me fit du bien mais mon cœur resta serré et douloureux. Je détestais causer de la peine à Sarah.

Lorsque je la revis le soir, je compris qu'elle m'évitait et je ne dis mot. Nous mangeâmes en silence sans que je lui demande comment sa journée s'était passée et nous nous couchâmes toujours aussi muets l'un que l'autre. Elle était déjà partie lorsque je me réveillai le lendemain et cette ambiance pesante entre nous fut maintenue pendant une semaine. Puis du jour au lendemain, elle recommença à sourire, à discuter avec moi et tout redevint normal. Mais notre normalité n'était pas classique puisqu'elle continuait à me faire des avances plus si discrètes que ça. Elle s'abstint cependant de le faire en public et, d'une certaine façon, je lui en étais reconnaissant. Cela ne rendait malheureusement pas les choses plus simples pour autant. Une main dans mes cheveux, une caresse innocente sur le bras, un mouvement de bassin incongru dans la nuit, un regard insistant et parfois un contact inattendu, j'avais bien des difficultés à ne pas craquer. J'étais extrêmement réactif et j'avais le sentiment d'être excité du matin au soir, et même la nuit. La situation m'épuisait et me rendait particulièrement sensible psychologiquement. Je finis par céder, non pas aux avances de ma sœur mais bien de manière générale, je n'avais plus la force. Un soir où ses doigts se promenèrent sur mon torse nu tandis que nous étions tous les deux allongés sur le clic-clac, je lui saisis la main un peu plus fortement que prévu pour arrêter sa course. Elle émit un léger gémissement de douleur et je lus dans ses yeux qu'elle s'attendait à me voir exploser une nouvelle fois, mais je n'en fis rien.

— Je t'en supplie, Sarah, arrête de me torturer...

Ma voix était faible, épuisée par toute l'énergie que je consacrais à me maîtriser et j'aurais fondu en larmes si mes yeux n'avaient pas été si secs. Je la sentis se détendre alors je relâchai sa main. En douceur, elle remonta ses doigts sur mon visage et me caressa la joue avec tendresse. Ses lèvres n'étaient qu'à quelques centimètres des miennes et je sentais son souffle mentholé se mêler au mien.

— Tu n'as toujours pas compris, hein ? me chuchota-t-elle.

— Compris quoi ? lui murmurai-je en retour.

Elle marqua un court silence et se rapprocha encore un peu plus, trop près. Ses lèvres frôlèrent les miennes et vinrent ensuite embrasser ma joue, ma tempe, puis mon oreille. Elle se blottit doucement dans mes bras sans jamais éloigner sa bouche de mon oreille au creux de laquelle ses mots susurrés changèrent totalement le cours de ma vie, à commencer par les battements de mon cœur.

— Je suis amoureuse de toi, Will. Je t'aime, et certainement pas comme on aime un frère. Je t'aime comme tu l'écris dans tes lettres, je t'aime comme une femme aime un homme, je t'aime à ne plus savoir comment respirer en ta présence. Will, je t'aime comme personne ne t'aimera jamais.

Je perçus tant de sincérité dans sa voix que je ne pus empêcher mon cœur d'exploser à l'intérieur de mon corps. Je n'avais jamais su jusqu'ici que j'attendais désespérément d'entendre ces mots sortir de sa bouche. Je ne pus répondre, je ne parvins pas à prononcer un seul mot et je me contentai de saisir son visage pour l'embrasser passionnément. Des feux d'artifice, une explosion nucléaire, un tsunami, rien de tout ça n'aurait pu être comparé à ce que je ressentis lorsque mes lèvres entrèrent en contact avec les siennes pour la seconde fois. Là encore, je n'avais pas réalisé jusqu'à cet instant que je n'attendais que de revivre cet échange. Rien ne semblait plus correct dans ce monde que son corps contre le mien. Comment une si mauvaise chose pouvait-elle être aussi bonne ? Avant Sarah, je n'aurais jamais imaginé qu'il était possible de se sentir complet à ce point. J'ignorais même qu'une part de moi manquait, que j'étais incomplet. Alors, pour la première fois, j'oubliai ce qui était bien ou mal, et je profitai de ce moment de plénitude que nous partagions. Mais rapidement, l'excitation prit le pas sur la plénitude et tout en gardant ce sentiment d'être complet, je ressentais le besoin d'être encore plus proche d'elle. Je la fis doucement s'allonger et je pris place au-dessus d'elle sans jamais cesser de l'embrasser. J'avais le sentiment idiot que nous avions été conçus pour ne faire qu'un et j'étais conscient du romantisme niais de cette idée mais je ne parvenais pas à m'en empêcher. Je ne me détachais de ses lèvres que pour poser les miennes dans son cou puis sur son épaule dénudée. Aucun mets n'eut été plus goûteux que sa peau et je m'en délectais, m'abreuvant à côté de son souffle s'accélérant et de ses faibles plaintes orales. La tête me tournait et la sensation de vertige s'intensifia lorsque je lui retirai le haut dans lequel elle avait l'habitude de dormir. Je la savais vêtue uniquement d'un sous-vêtement que je fis rapidement disparaître.

J'avais envie de m'arrêter pour mieux observer les détails de l'œuvre qu'était son corps nu, mais je m'abstins de le faire, effrayé à l'idée que le choc soit trop fort et m'oblige à faire marche arrière. Je la voulais contre moi cette nuit et surtout, je voulais lui montrer l'amour que je n'avais pas réussi à lui rendre verbalement. Mes lèvres et mes doigts glissèrent sur la soie de sa peau, s'arrêtant parfois pour titiller la pointe érigée de son sein ou les replis de son intimité. Mes gestes saccadés et imprécis n'avaient rien d'expérimentés mais si ses soupirs et gémissements étaient une preuve, Sarah appréciait mes caresses. Lorsque ma bouche revint se poser sur la sienne, je sentis ses mains faire glisser mon unique vêtement le long de mes jambes et étonnamment je n'eus aucune pudeur à être ainsi nu au-dessus d'elle, puis contre elle. Tout semblait si juste, comme si ma place était là, avec elle, et que la sienne ne pouvait être ailleurs que dans mes bras. Lorsque mon intimité entra en contact avec la sienne, nous nous immobilisâmes tous les deux et je sentis ses ongles s'enfoncer dans la peau de mes biceps. Le simple fait de la toucher à cet endroit si personnel et interdit m'aurait fait vaciller si j'avais été debout. Lorsque je fus en mesure de respirer sans que l'air se bloque dans ma gorge, j'intimai de lents mouvements de va-et-vient, mon sexe glissant contre le sien sans jamais le pénétrer. Je me sentis accélérer involontairement en l'entendant gémir et en constatant l'excitation qui montait et me rapprochait de l'orgasme. Ses seins s'écrasèrent contre ma poitrine lorsqu'elle me serra avec force contre elle et se contracta. La sensation de plénitude fut le déclencheur de mon propre plaisir et je me sentis venir sur son ventre quelques secondes après qu'elle ait elle-même atteint ce point intense où le plaisir est à son maximum. Je me laissai tomber à côté d'elle sans rompre le contact, mon bras traversant sa poitrine et mes lèvres contre son épaule. Nous reprîmes notre souffle petit à petit et lorsque les battements de nos cœurs se calmèrent, je nettoyai sa peau à l’aide d’un vêtement que nous avions retiré plus tôt, et je la fis s'installer sur le côté afin de me mettre derrière elle pour ne pas rompre cette connexion qui nous unissait. Je glissai mes doigts dans les siens et, d'un baiser sur son épaule, je lui souhaitai bonne nuit. Je ne me sentais pas honteux, je l'aimais, je l'aimais tellement. J'aurais le temps d'avoir honte les jours suivants.

Chapitre 29

« Un matin, tu te réveilleras et tu réaliseras, comme je l'ai fait, que nous ne pouvons exister l'un sans l'autre et que nous sommes incomplets jusqu'à ce que nous ne fassions qu'un. »

Lorsque je me levai le lendemain, je ne ressentis pas une culpabilité aussi importante que celle à laquelle je m'attendais. Je posai mon regard sur la silhouette encore endormie de Sarah et ma seule pensée fut qu'elle était magnifique et que j'aurais aimé la réveiller en douceur en l'embrassant. Je passai mes doigts dans ses cheveux fins et le contact la fit se réveiller lentement. Lorsque ses yeux noisette s'ouvrirent, difficilement, je lui souris et descendis caresser ses lèvres du bout des doigts. J'avais le cœur gonflé d'amour et comme un ballon rempli d'air, je sentais mon âme quitter terre pour s'envoler.

— Bonjour, lui murmurais-je sans jamais cesser de la caresser.

— Bonjour, répondit-elle d'une voix faible.

Elle m'offrit un sourire tendre qui fit fondre mon cœur et, dans un élan d'extrême affection, je la pris dans mes bras et la serrai, peut-être un peu trop fort. Mais elle ne s'en plaint pas et m'enlaça en retour. Nous restâmes ainsi de longues minutes jusqu'à ce que la sonnette du studio nous sorte de notre bulle. Je me détachai précipitamment de Sarah comme si je venais d'être pris sur le fait et je sentis à son regard que le geste l'avait blessée. Mon premier réflexe fut de revenir vers elle et de déposer un baiser sur son front en lui chuchotant doucement, comme si elle était une chose fragile, que je revenais. Nous allions devoir parler de notre situation, c'était un fait, mais je ne savais pas moi-même ce que j'allais lui dire, ni même ce que j'envisageais de faire pour nous. Tout était encore flou dans ma tête et l'épais brouillard de mon esprit demandait un peu de temps pour se dissiper afin que le ciel éclairci de mes pensées refasse son apparition. J'avais besoin de réfléchir mais je n'en eus pas le temps car une fois ma tâche chez Achir accomplie, après qu'il soit venu me demander de l'aide, je retrouvai ma sœur douchée, habillée et prête à discuter, je le sentais. Je repoussai donc la discussion en m'autorisant une douche de cinq minutes. Lorsque je sortis de la pièce placard, je m'installai à côté de Sarah sur le clic-clac.

— Comment ça va se passer, toi et moi ?

J'aimais qu'elle ne passe jamais par quatre chemins et aille toujours droit au but. C'était cette même qualité qui l'avait poussée à me faire du rentre-dedans afin d'obtenir de moi ce qu'elle voulait. Certains trouveraient ça dérangeant, moi je l'admirais de ne jamais fuir ses sentiments. Mais ce n'était qu'une fausse confiance car ses yeux me hurlaient de ne pas la laisser comme ça. Je la sentais paniquée et je n'aimais pas la voir comme ça. Je la tirai par le poignet et la fis s'asseoir sur moi afin que je puisse la serrer dans mes bras. Je réalisai alors brutalement que sa place était là, contre moi, et pas ailleurs. Ce fut une révélation que je n'étais malheureusement pas pleinement prêt à accepter. Mais toutes les fois où j'avais repoussé Sarah, sans savoir qu'elle partageait mes sentiments, et où je l'avais faite pleurer, toutes ces fois vinrent envahir mon esprit et mon cœur se serra pour tous ces moments où je lui avais fait du mal. Je refusais de lui en faire plus.

— Pardonne-moi...

Son corps se figea contre le mien et je crus même cesser d'entendre les battements de son cœur. Je ne voulais pas qu'elle se fasse des idées alors je m'empressai de compléter ma phrase.

— Pour toutes les fois où je t'ai blessée depuis que tu es arrivée, je suis désolé. J'ignorais tout de tes sentiments.

— J'avais cru comprendre, oui, me dit-elle en riant avec légèreté.

— Je suis un peu idiot, répondis-je sur le même ton rieur.

Pour toute réponse, elle vint coller ses lèvres aux miennes et alors que je m'apprêtais à entrer dans le vif du sujet, je perdis toute envie de le faire. Ce troisième baiser me confirma que rien au monde n'était meilleur que de l'embrasser. J'aurais pu faire ça des heures et ne pas m'en lasser. Mais pouvais-je réellement me le permettre ? Avais-je le courage (ou bien était-ce de la lâcheté ?) de faire abstraction de notre lien du sang pour profiter du sentiment de plénitude qu'elle était en mesure de m'apporter ? Je l'ignorais et je ne savais même pas si je devais essayer, j'étais totalement perdu, tourmenté par mes émotions.

— Sarah, je ne sais plus quoi faire ni penser...

— Alors arrête de réfléchir et laisse-toi aller.

Je soupirai et me laisser retomber contre le dossier du clic-clac fermé, fixant mes yeux sur le plafond de mon studio. Ma sœur s'installa plus confortablement sur moi et posa une main délicate sur ma joue.

— Will, je comprends ce que tu ressens, mieux que personne. Mais moi, je refuse de ne pouvoir t'avoir sous prétexte que c'est tabou. J'ai bien conscience de la complexité de notre situation et de l'incertitude de notre avenir, mais je t'aime plus que je n'ai peur de demain.

— Ce n'est pas sain, Sarah. Est-ce que tu as pensé à ce qui arriverait si quelqu'un l'apprenait ? Et maman, tu y as pensé ? Ça la tuerait.

— Oublions une minute les autres, on y reviendra je te le promets, mais j'ai besoin de savoir quelque chose. Tu trouves nos sentiments malsains ou tu penses qu'ils le sont parce que c'est ce que les autres diraient ?

En plongeant mes yeux dans les siens, j'y lus une chose que je n'aurais jamais voulu voir dans le marron de son regard, du dégoût. Elle se sentait sale à cause de moi et pour ça je m'en voulais. Je la pris alors dans mes bras, embrassant sa tête et caressant son bras encore nu malgré la saison plus fraîche.

— Sors-toi cette pensée de la tête, immédiatement. Tu es une femme incroyable, magnifique, pure, intelligente, belle et bien plus de qualités que je n'ai la force d'en citer. Ton amour pour moi n'a rien de condamnable.

— Je le sais, j'avais simplement envie que tu le réalises aussi.

Je vis alors son petit sourire et compris qu'elle m'avait juste fait dire ce qu'elle voulait. Elle souhaitait que je réalise que l'amour, c'était simplement ça, de l'amour, qu'importe l'être aimé. Je souris.

— Bien joué, mais il en faudra plus.

— Je sais, tu acceptes tout lorsqu'il s'agit des autres mais tu exiges trop de toi-même. Ce n'est pas un problème, j'ai toute la vie pour te faire entendre raison. Toi et moi, c'est la chose juste, et tu finiras par le réaliser.

Je l'aimais, si j'en avais douté ne serait-ce qu'un instant auparavant, j'en aurais à présent eu l'intime conviction. J'aimais son sourire, la beauté de son âme, la manière dont elle me regardait, la façon dont elle me touchait, son rire pur et même ses crises de nerfs passagères. J'aimais tout d'elle, ses qualités comme ses défauts, le bon comme le mauvais, tout ce qui la composait. Et pour une fois, je me laissais porter par mes sentiments plutôt que par ma raison. J'avais envie de donner une chance au « nous » que nous pouvions peut-être former. J'avais peu d'espoir en un avenir commun mais peut-être pouvais-je voir ça comme une amourette de vacances. Au fond de moi, je savais que j'allais le regretter car il me serait probablement impossible de me détacher d'elle par la suite, mais je n'avais que faire du « plus tard », le « maintenant » me tentait trop.

Avec tendresse, je pris possession de ses lèvres et avalai le sourire qui y prenait forme. J'étais tellement heureux et elle semblait l'être tout autant, je me sentais pousser des ailes et j'avais l'intime conviction à cet instant, que rien ni personne ne pouvait prétendre être plus heureux que je ne l'étais moi-même, que nous l'étions tous les deux. Elle était mon tout et pour un temps indéterminé, j'allais être le sien. Sarah posa la tête contre mon cœur et nous restâmes ainsi, rythmés par nos faibles respirations, moi caressant ses cheveux, elle dessinant des cercles sur ma poitrine. Je me sentais apaisé et ma sœur l'était sans doute autant.

— Partons en vacances, dis-je de but en blanc.

Elle cessa l'œuvre d'art invisible qu'elle avait commencée sur moi.

— On vient à peine de commencer les cours, de quoi tu parles ?

— Pour Noël, partons quelque part juste toi et moi.

— Tu es fou.

— Fou de toi.

Je la sentis sourire tout contre moi et je ne pus m'empêcher de déposer un baiser sur sa tête. J'avais envie de pleurer tant je me sentais bien, alors je la serrai dans mes bras pour empêcher les larmes de couler.

— Ok.

— Vraiment ? Tu me laisses t'emmener quelque part.

— Si ça te fait tellement plaisir de dépenser de l'argent pour moi, qui suis-je pour t'en empêcher ?

Je l'adorais, j'en étais fou, elle était incroyable. Je la fis basculer sur le clic-clac et vint me positionner au-dessus d'elle en prenant appui sur le côté pour ne pas l'écraser. Puis je me mis à détailler chacun de ses traits que j'aimais tant. La noisette délicieuse de ses yeux, les boucles sombres de ses cheveux dans lesquelles j'aimais glisser mes doigts, ses lèvres parfaitement dessinées que je ne me lassais pas d'embrasser, et sa peau presque laiteuse que j'adorais couvrir de baisers. Elle était si belle que j'aurais pu douter de notre lien génétique si je n'avais pas constaté ma propre popularité auprès de la gente féminine. Mais je me fichais de plaire aux femmes, quand tout ce que je voulais n'était que de plaire à l'une d'elle, Sarah.

— Je suis désolé de ne pas réussir à

prononcer ces mots. Je ne me sens pas encore prêt...

— Je les dirais pour deux. Je t'aime, me murmura-t-elle.

J'écrasai mes lèvres contre les siennes et je l'embrassai jusqu'à manquer d'air. Puis je me perdis dans nos baisers et nos caresses, et la nuit n'en fut que plus délicieuse.

Chapitre 30

« Si je dois faire de nous un secret pour te garder, je le ferai. Il y a peu de choses dont je ne serais pas capable pour avoir la chance d'être près de toi. Ne me demande juste pas de cesser de t'aimer. »

Les journées passèrent plus paisiblement et j'aimais ce quotidien que nous avions adopté. Je prenais plaisir à me réveiller tout près d'elle, parfois après avoir passé la nuit à chérir chaque partie visible de son corps, et j'étais fou des soirées avec elle. Je savourais également nos moments secrets à l'université où je surprenais ses regards en coin, où je saisissais sa main discrètement sous la table, et même les délicats baisers déposés sur ma joue par ses soins. Nous évitions les choses réellement flagrantes, même en secret, afin de ne pas risquer de nous faire voir. J'étais follement amoureux mais pas insensé, je ne tenais pas à ce que notre relation soit découverte. J'avais beau savoir que cela ne pourrait pas durer, je voulais en profiter encore un peu, autant que possible en réalité. Et lorsque les vacances de Noël arrivèrent, je ne fus pas fâché de pouvoir m'échapper avec Sarah. Le jour du départ, je trouvais ma sœur plus excitée que jamais et j'en étais plus qu'enchanté. J'étais sincèrement heureux de pouvoir m'enfuir avec elle, même si cela ne serait que pour une semaine. J'allais nous perdre en montagne et peut-être pourrais-je ainsi rester avec elle à jamais. J'aurais presque pu déclencher une avalanche et nous laisser mourir étouffés par la neige, si je n'étais pas si effrayé par l'idée de mourir. Sarah aurait probablement pu l'accepter, elle n'avait presque peur de rien, mais je la savais trop peu romantique pour mettre fin à ses jours par amour. Je ne l'en aimais que davantage. J'aimais son goût pour la vie, j'aimais tout d'elle et je m'épuisais moi-même à trop aimer d'elle.

J'avais loué un petit chalet qui ne payait pas de mine de l'extérieur mais cachait en fait bien son jeu. L'intérieur était vraiment chaleureux et nous nous y sentîmes à l'aise dès que nous posâmes le pied dedans. La vieille dame qui me louait la bâtisse nous fit visiter et Sarah resta calmement à côté de moi tout au long de cette étape. Mais lorsque la femme nous quitta en nous indiquant que nous pouvions la joindre à tout moment grâce au numéro qu'elle avait inscrit à côté du téléphone, ma sœur partit en courant vers la chambre et se jeta sur l'immense lit qui trônait fièrement au centre de la pièce. Son côté poids plume et la matière qui constituait le matelas lui permirent de rebondir légèrement ce qui déclencha immédiatement un rire de sa part. Appuyé contre le montant de la porte après avoir abandonné nos valises dans l'entrée, je savais mon regard traître, ne cachant rien de mon amour pour elle. Toujours dans le jeu, elle prit une position sophistiquée et presque royale et j'entrai dans la partie.

— Madame, en quoi votre serviteur peut-il vous être utile ?

— Je ne refuserai pas un massage.

— En suis-je digne, Madame ?

— Je n'en suis pas certaine, dans le doute tu n'auras droit qu'à mes pieds, malpropre !

Je ne pus qu'éclater de rire et Sarah en fit de même. Je vins alors la rejoindre afin de retirer ses chaussettes. Elle tenta vainement de récupérer ses pieds tandis que je la chatouillais et lorsque nous fûmes épuisés par notre petite bagarre, nous nous allongeâmes l'un contre l'autre, mon bras autour d'elle et sa tête à la seule place possible, contre mon cœur. Nous avions pris le train puis un taxi pour nous rendre au chalet et nous étions assez fatigués par le voyage. Par chance, j'avais payé le prix fort pour un confort maximum. Je n'étais jamais parti en vacances par moi-même et je n'avais aucune idée de comment faisaient les gens normaux pour gérer leur budget, du coup j'avais probablement dépensé trop. Ma folie nous permit de ne pas avoir à sortir en quête de nourriture. Le frigo avait été rempli selon mes attentes, attentes qui m'avaient bien évidemment été facturées, et nous pouvions donc nous cuisiner quelque chose de délicieux. Nous décidâmes alors de nous faire des sandwichs, le top du gastronomique diététique ! Mais cela nous importait peu. Nous mangeâmes devant la télévision et après avoir pris une douche et m'être revêtu du peignoir qui m'était réservé, j'attendis Sarah dans la chambre. Je remarquai un SMS de David et je l'ouvris en entendant l'eau couler dans la salle de bain, signalant que ma sœur était encore en train d'éliminer les traces du voyage.

David : Hey beau gosse, pas trop de folies de ton corps. Mais bon, ça réchauffe, hein ?

Il voulait que je lui parle de ce que je faisais avec Sarah, il avait complètement perdu l'esprit. Je répondis sans détour.

Will : No way, mec.

Il ne perdit pas de temps et moins d'une minute après je reçus sa réponse.

David : Tu te mets à l'anglais toi aussi ? Et pourquoi pas ?
Will : T'es sérieux ? Je ne vais pas te parler de ma vie sexuelle !
David : Je l'ai bien fait moi !
Will : Parce que tu n'as aucune pudeur… Et toi, tu ne couches pas avec ta sœur.
David : Toi non plus.

Je ne comprenais pas ce qu'il voulait dire.

Bien sûr que je couchais avec ma sœur. Enfin non, nous n'en étions pas là et je ne savais même pas si cela serait le cas un jour mais Sarah était bien ma sœur. Une réponse de sa part arriva.

David : Tu lui fais l'amour.

Il avait raison et j'en restais pantois. Il était certain que si nous devions qualifier notre relation, c'était bien le mot « amour » qu'il fallait employer, plus peut-être, mais pas moins. Je préférai cependant écourter la discussion et ne pas entrer dans les profondeurs de mes sentiments alors que j'étais là pour me détendre avec la femme que j'aimais.

Will : On n'a pas été jusque-là...
David : Parce que... ?
Will : ...
David : Tu en restes sans voix !
Will : Merde, David, arrête avec tes questions, tu me retournes le cerveau !
David : Haha, tu m'adores, ne dis pas le contraire, baby.
Will : Je vais porter plainte pour harcèlement, arrête de suite. En plus tu vas finir par faire pleurer deux femmes à force de me désirer à ce point !
David : Tu sais que je n'aime que toi, il faudra bien leur dire un jour.

Je me mis à rire et quittai ma messagerie pour chercher un numéro dans mon répertoire qui me sauverait de ce terrible meilleur ami. J'appelais et lorsqu'elle décrocha je reconnus immédiatement sa voix joyeuse.

— J'étais sûre que tu allais faire appel à moi. Que ferais-tu sans moi ?

— Johanna, fais quelque chose ! Enlève-lui son téléphone.

— Il demande qui c'est, dit-elle en riant. Promis, je m'occupe de lui. Passez de bonnes vacances, ok ?

— Sans aucun doute. À très vite.

— J'espère bien !

Je pus presque voir son clin d'œil et cela me fit rire. Ce ne fut que lorsque j'aperçus Sarah à la porte, uniquement recouverte d'un peignoir, que je réalisai qu'elle était sortie de la douche. Elle m'interrogea du regard, curieuse de savoir ce qui me faisait tant rire. Je lui expliquai donc la situation brièvement, lui parlant au passage de Johanna.

— J'ignorais que David était au courant.

— Désolé, j'aurais dû te le dire...

— Non, non, ne t'inquiète pas. J'aurais dû m'en douter et en réalité je suis contente que tu aies eu quelqu'un à qui te confier. Et puis ce n'est pas parce qu'une personne est au courant que cela changera quelque chose, surtout que c'est ton meilleur ami.

— Deux, en fait.

— Deux quoi ?

— Deux personnes.

Je vis à son visage qu'elle ne comprenait pas à qui je faisais allusion. Elle ne semblait pas inquiète, j'étais celui des deux qui se souciait du regard des autres, mais en tant que femme je n'étais pas sûre qu'elle apprécierait que mon amie soit au courant, en particulier car j'allais devoir lui en dire plus sur elle et moi.

— Kelia aussi le sait...

Je la sentis se raidir à côté de moi. Je n'avais pas besoin de lui demander quel était son problème, elle n'avait aucun souci avec Kelia, elle n'appréciait juste pas l'idée qu'une femme soit proche de moi, surtout pas une avec qui j'étais sorti. Je lui expliquai en premier la manière dont je m'étais confié à David et en profitai pour lui parler un peu plus de notre amitié. Mon histoire la fit sourire et même rire par moment. Allongée sur moi, à sa place habituelle, je la sentais vraiment réceptive à mon récit. Mais je ne pouvais continuer éternellement à éviter le sujet et j'abordai donc ma rencontre avec Kelia, ma courte relation avec elle, en omettant les détails, et comment elle avait découvert mon secret. Lorsque j'eus terminé, je sentis ma sœur bien moins détendue et elle ne me posa qu'une seule question, comme si le reste importait peu.

— Est-ce que tu lui as fait l'amour ?

— Non, mais j'ai couché avec elle.

David avait raison, il y avait une nette différence et Sarah voyait les choses comme lui. Elle se détendit légèrement contre moi.

Cela ne voulait cependant pas dire qu'elle acceptait toute cette situation et sans vouloir l'admettre, j'aimais la jalousie dont elle pouvait parfois faire preuve. Elle partagea ce sentiment avec moi d'une voix presque trop faible pour être entendue.

— Elle a quand même eu droit à ton corps…

— À défaut de pouvoir avoir mon cœur, oui.

— Je te veux aussi.

— Je ne suis pas sûr de pouvoir...

— Tu ne me désires pas ?

— Si, et tu le sais, ne joue pas les innocentes, lui dis-je en lui pinçant la joue. Mais... Je ne sais pas bien comment expliquer.

— Essaie ?

— Sarah, faire l'amour avec toi serait probablement un moment extraordinaire si c'est aussi bon que ce qu'on a déjà fait, mais c'est un acte tellement... définitif ?

— Définitif ?

— Il n'y aura plus de marche arrière possible et je ne suis pas certain d'être prêt à ne plus pouvoir réparer mes erreurs.

Je la sentis se raidir contre moi et je m'en voulus immédiatement pour mon choix de mots. Je n'avais pas l'intention de qualifier notre relation d' « erreur » mais je l'avais fait. Elle prit cependant le temps d'inspirer et expirer avant de continuer une discussion dont je me serais bien passé.

— Est-ce que tu attends le bon moment pour me laisser tomber et me dire que tout ceci était une mauvaise idée ?

— Sarah...

— Non, dis-moi ? Si tu comptes tout arrêter, alors préviens-moi que je prépare moi aussi mon planning !

Elle se calma, releva la tête et planta son regard sérieux et profond dans le mien.

— Will, je veux tout de toi. Ton cœur, ton corps, ton âme, toutes tes émotions et autant de tes pensées que possible. Je t'aime et je veux que tu sois à moi, je ne veux pas d'une relation platonique ou d'un semblant d'amour où nous nous comporterions comme un frère et une sœur qui s'embrasseraient parfois en cachette.

— Tu oublies que nous sommes frère et sœur...

— C'est comme ça que tu me vois ?

— Tu sais très bien que non, mais cela n'efface pas les faits pour autant. Il y a une différence entre ce que je ressens et ce que la réalité m'impose.

— On tourne en rond, et je ne suis pas sûre que ça s'arrange avec le temps, au contraire.

Sarah se leva et quitta la chambre, de toute évidence agacée par mon comportement. Je soupirai et me mis à fixer le plafond, le dos de la main plaqué sur mon front afin de prévenir la migraine. Lui faire du mal était en dernière position dans la liste des choses que j'aimais faire, mais j'étais incapable de lui mentir et j'avais clairement besoin de temps pour me faire à l'éventualité d'un avenir pour nous en tant que couple. La seule pensée de partager ma vie avec elle, peut-être jusqu'à la fin, me semblait tenir de l'impossible, être utopique, une vraie chimère. Et pourtant je l'aimais, le ciel savait combien je l'aimais.

Après quelques minutes, je me levais pour la rejoindre dans le petit salon, elle était assise par terre devant la cheminée, entourant ses jambes de ses bras. Je pris place derrière elle et l'enlaçai tendrement, invitant son dos à se poser contre mon torse, puis je lui demandai pardon avec douceur.

— Je suis désolé, Sarah.

— C'est moi qui le suis, je t'entraîne apparemment dans quelque chose que tu ne veux pas et tu fais sûrement ça pour me faire plaisir.

Je refusais de la laisser penser ça. Je saisis son menton et fit pivoter son visage vers moi afin que ses yeux très légèrement humides puissent rencontrer les miens. J'avais besoin qu'elle regarde en moi, qu'elle sache que j'étais sincère.

— Sarah, je suis amoureux de toi depuis des années, je n'arrive même pas à me souvenir d'un moment où tout mon être ne hurlait pas son amour pour toi à en rendre sourdes les oreilles de mon âme. Je suis entouré de personnes merveilleuses et pourtant aucune ne m'attire autant que toi. Tu es présente dans toutes les choses de ma vie et je n'imagine pas un monde où tu n'existes pas. Mais j'ai peur, putain j'ai tellement peur...

Je marquai une pause, baissai les yeux et posai mon front contre celui de Sarah. Elle ne dit mot, même si je me doutais que ma confession, enfin faite, l'émouvait. Elle comprenait que j'avais encore à dire.

— J'ai peur de toi, j'ai peur de moi, peur de ce que les gens diront de nous, de ce qu'ils pourraient murmurer sur notre passage qui te ferait sûrement du mal. J'ai peur de manipuler involontairement ton esprit et de te priver du véritable amour avec un homme bien. J'ai peur que tu cesses de m'aimer un jour et m'abandonnes, parce que je ne pourrais plus vivre sans toi et je crèverais de ton absence. J'ai peur de demain, peur de tout. Et pourtant... Pourtant, avec toi, je me sens serein, je me sens bien, je me sens chez moi. Ma place est là, contre toi, j'en ai l'intime conviction. Alors pourquoi ce qui fait tant de bien apparaît comme étant le mauvais choix ?

Sans un mot, elle posa ses lèvres sur les miennes et nous nous embrassâmes comme si nos vies en dépendaient. Une fois encore, je réalisais que le bien c'était ça, l'embrasser, la tenir dans mes bras, partager mon amour avec elle. J'avais conscience de tout ça, mais j'étais encore trop effrayé pour l'accepter.

Cette nuit-là, nous nous endormîmes comme nous avions l'habitude de le faire, sa tête sur ma poitrine, sa main dans la mienne juste au-dessus de mon cœur.

Chapitre 31

« Te tenir la main en marchant, c'est ça le bonheur. »

Le lendemain, nous allâmes nous promener en montagne le matin puis nous descendîmes au village l'après-midi afin de faire les magasins. Main dans la main, nous nous comportâmes comme un vrai couple, ce que nous étions peut-être, d'une certaine façon, et nous en étions heureux. Un commerçant nous gratifia d'un « Bonnes vacances, les amoureux » qui fit rougir ma sœur et me rendit fier sans que je comprenne pourquoi. Nous étions bien et j'espérais que toute la semaine puisse être ainsi. Nous allions passer Noël tous les deux au chalet et j'avais envie que cela reste un très bon souvenir. Cela faisait un moment que nous n'avions pas célébré l'événement ensemble.

— Qu'est-ce que tu veux pour Noël ?

Ma sœur s'arrêta net et se retourna vers moi.

— Tu ne m'as pas encore acheté de cadeau ?

— Si, mais au cas où tu voudrais autre chose, je demande, lui dis-je.

— Toi.

— Quoi, moi ? Ce que je veux ?

— Non, toi, je te veux toi.

Je me mis inconsciemment à regarder tout autour de moi pour vérifier que personne ne nous écoutait et je me mis à chuchoter.

— Sarah...

— Personne ne nous connaît, arrête de stresser, me dit-elle en souriant. Et puis je plaisante, je serai patiente. Quoi que tu m'offres, cela me fera plaisir alors ne te prends pas la tête !

J'avais eu peur un instant que ces belles vacances ne soient gâchées par une nouvelle dispute mais c'était mal connaître ma sœur qui n'était pas du genre à entrer en conflit avec moi volontairement. Certaines femmes aiment les situations houleuses, quoi qu'elles en disent elles ont goût au dramatique, et nous les hommes avons quelques difficultés à les comprendre. Par chance, Sarah n'était pas de ce bord-là, elle avait ses propres défauts.

Nous continuâmes à nous promener tout en achetant parfois quelques petites choses pour cuisiner, ramener à nos proches ou simplement en souvenir pour nous-mêmes. Ma sœur n'ayant aucun revenu, je me fis un plaisir de lui offrir tout ce qui semblait lui faire de l'œil. Je travaillais durement, j'estimais que j'avais le droit de me faire plaisir et faire plaisir à Sarah, c'était ce que je trouvais plaisant. La journée fut particulièrement agréable et le soir, nous ne mîmes que très peu de temps avant de nous endormir, épuisés par la marche.

Le mercredi, veille de Noël, nous passâmes la journée au lit, plus ou moins. Nous avions veillé à effectuer tous les achats nécessaires pendant notre sortie du mardi, Sarah s'isola pour empaqueter ce qu'elle m'avait préparé pour Noël et je fis de même. Lorsque nous eûmes terminé, je fis couler un bain chaud dans lequel je me glissai et lorsqu'elle me rejoignit dans la salle de bain, elle n'eut aucune gêne à retirer ses vêtements dans l'idée de se baigner avec moi, et je ne me gênai pas non plus pour la détailler.

— Tu es magnifique.

J'étais sincère, elle était parfaite, pour moi. Un autre aurait peut-être vu des défauts que j'étais incapable de constater, mais pour ma part je ne pouvais que m'extasier devant son corps nu, et le mien ne mit pas longtemps à réagir. Je me doutais qu'elle sentait mon érection contre son dos lorsqu'elle s'installa entre mes jambes, mais tout comme elle ne fût pas mal à l'aise concernant sa nudité, je ne l'étais pas au sujet de mon excitation. J'apprenais progressivement que tout cela était naturel et incontrôlable. Et quand bien même il aurait été possible d'avoir une quelconque mainmise sur la situation, je n'étais pas certain d'avoir envie de changer quoi que ce soit. Je ne voulais rien de plus ou de moins que ce que nous avions déjà. J'avais juste terriblement envie que nous puissions continuer ainsi.

— Je t'aime, me confia-t-elle tendrement alors que mes doigts glissaient sur son corps délicat.

— Je t'aime, Sarah.

Mes mots n'étaient que faibles caresses à ses oreilles mais je la sentis frissonner contre moi. Alors que l'hiver frappait contre le chalet, que la neige parsemait le sol extérieur, j'embrassais, goûtais, caressais et me délectais du corps de celle dont j'étais tant amoureux. Je n'étais pas encore prêt à unir mon corps au sien, mais cela ne m'empêchait certainement pas de prendre du plaisir autrement et surtout, de lui en donner à elle. L'important était de lui faire du bien puisque son plaisir était le mien, depuis toujours.

Le réveillon de Noël se passa aussi bien que la fête en elle-même au cours de laquelle nous éprouvâmes beaucoup de joie à nous offrir nos cadeaux après un copieux repas. Lorsque je découvris la toile qu'elle avait peinte pour moi et que je remarquai l'étiquette en indiquant le prix, je me mis à rire.

— Tu vas me faire payer mon cadeau ?

— Non.

Son ton mystérieux me rendit particulièrement curieux et plus je tentais d'en apprendre à ce sujet, plus elle me taquinait. Je finis par l'attraper et l'emprisonner de mes bras et de mes jambes sur le canapé, mon corps formant une pince autour d'elle. La chatouillant et la menaçant de la faire mourir de rire, je parvins à lui soutirer les informations tant attendues.

— Je vais être exposée, me dit-elle à bout de souffle.

— Comment ça ?

— J'ai mis en ligne mes toiles et j'ai été contactée récemment par une personne intéressée par l'idée de faire une exposition de mes toiles, dans une galerie à Bordeaux. Le prix que tu as vu, c'est celui auquel aurait été vendue cette toile si je l'avais exposée et mise en vente.

— C'est incroyable ! Je suis si fier de toi !

C'était vrai, j'étais son plus grand fan et je ne pouvais qu'être fier de sa réussite.

— Ça ne veut pas dire que je vais être célèbre, tu sais ?

— Qu'importe, je suis heureux qu'un professionnel ait enfin reconnu ton talent. Moi, je le vois depuis toujours.

— Mais toi, tu n'es pas objectif, rit-elle.

— Bien sûr que si !

Je passais le meilleur Noël de ma vie et pourtant j'en avais eu d'excellents lorsque j'étais enfant et que mon père se déguisait en Père Noël pour nous apporter nos cadeaux. Je savais que c'était lui mais Sarah l'ignorait et j'aimais voir l'étonnement sur son visage rond, je l'adorais. Je constatai cependant, qu'en dépit de sa bonne humeur, ma sœur semblait chagrinée par un élément dont j'ignorais tout et je n'aimais pas ça.

— Qu'est-ce qu'il y a ? Tu n'es pas aussi heureuse que tu le devrais.

— Il y a un petit détail dont je dois te parler à propos de l'exposition.

— Dis-moi ?

— Ce ne sont pas des toiles de paysages comme j'ai l'habitude d'en peindre pour toi. C'est un autre style qui a retenu l'attention.

— Je ne savais pas que tu peignais autre chose que des paysages.

— Je n'ai pas osé t'en parler...

— Je ne comprends pas. Sarah, parle.

Je la sentais tourner autour du pot et cela ne lui ressemblait pas. Je ne voyais pas ce qui la gênait et je commençais à m'inquiéter.

— Ce sont des tableaux de toi et moi...

— Nous deux ?

— Oui.

— Je ne suis pas sûr de saisir, lui dis-je, confus.

Elle soupira avant de se détacher de moi pour se blottir dans mes bras, dans l'autre sens, afin de pouvoir poser sa tête contre ma poitrine. Je n'hésitai pas et la serrai dans mes bras.

— J'ai, un jour, fait une toile pour exprimer mon amour pour toi. Je ne saurais pas te la décrire réellement parce que ce n'est pas tellement le fait que nos visages apparaissent mais bien la signification. Les couleurs, la manière dont elle est peinte, chaque détail hurle mon amour pour toi et personne ne s'y méprendra. Un jour, j'en ai fait une autre dégueulant de ma jalousie, puis une de mon sentiment d'abandon et, récemment, une pleine de luxure...

Je réalisai immédiatement ce qu'elle voulait dire.

— Donc toutes les personnes qui verront cette exposition auront connaissance de tes sentiments pour moi et peut-être même de notre relation, c'est ça ?

— Ceux qui ne sont pas aveugles, oui.

Je restais muet, incapable de savoir comment réagir. J'étais partagé entre ma joie de la savoir exposée et mes foutues craintes du regard des autres. Je retournais la chose dans ma tête et je n'étais pas sûr de pouvoir garder l'exposition secrète.

— Je vais refuser.

— Quoi ?

— Je vais lui dire que je ne peux pas, que...

— Attends, attends, de quoi tu parles ? Il est hors de question que tu refuses, Sarah !

— Mais je vois bien que ça te pose un problème. Je comprends bien que tu n'aies pas envie que les gens sachent.

— Bien sûr que je préférerais garder ça secret mais, quoi qu'il arrive, le refus d'exposer n'est pas une option. Tu es talentueuse et tu as un avenir, j'en suis certain, je veux vraiment que tu le fasses ! Je réfléchissais juste à l'éventualité de ne pas en parler à nos proches mais là encore, ça m'embête. Tu mérites que tout le monde te félicite et soit heureux pour toi comme je le suis...

— Je ne veux pas te mettre dans l'embarras...

— Tu dis ça comme si tu n'étais pas concernée, lui dis-je, rieur.

— Je ne le suis pas, je n'ai pas honte de t'aimer.

Je caressai tendrement ses cheveux et vins déposer un baiser sur son front, incapable de lui exprimer verbalement combien je me sentais chanceux d'être aimé de la sorte. Je devais lui rendre cet amour et tous ces sentiments, je lui devais bien plus mais c'était un début.

— Fais-le et ne le cache pas. Que tous nos proches viennent.

— Tu es sûr ?

— Certain.

Elle me murmura un « Merci » plein d'émotion avant d'embrasser mes lèvres. J'étais particulièrement fier d'elle et sincèrement heureux. J'avais eu ma mère au téléphone, qui bien que fatiguée, était elle aussi heureuse de savoir Sarah avec moi à Bordeaux. Une pointe de culpabilité s'empara de moi mais je fis tout pour la chasser, ne voulant pas me représenter négativement notre relation. Ma résolution de 2009 serait sans nul doute d'apprendre à accepter notre amour.

Chapitre 32

« Si tu ne peux plus respirer, je te ferai du bouche-à-bouche, si tu n'y vois plus je deviendrai tes yeux et si tu ne parviens plus à m'entendre, je t'écrirai. Je ferai tout pour toi. »

Notre séjour se termina malheureusement trop tôt et nous dûmes revenir à Bordeaux. Mais notre relation avait évolué et même si je n'avais pas l'intention de m'afficher et que j'avais encore besoin de m'adapter à ce « nous », je me sentais nettement plus serein. Peut-être était-ce simplement parce que j'avais conscience que bientôt de nombreuses personnes prendraient connaissance de notre relation par le biais du travail de ma sœur. Et puisqu'il était inconcevable qu'elle refuse d'exposer, j'allais devoir m'y faire. J'avais cependant encore un peu de temps pour m'y préparer car l'exposition ne se tiendrait qu'en avril. Il m'était donc possible de profiter des fêtes et de me préparer ensuite psychologiquement à l'événement pendant que Sarah travaillerait sur ses toiles.

À peine rentrés à Bordeaux, nous nous

rendîmes chez nos voisins pour célébrer Noël en retard avec toute la famille. Ce fût encore un moment délicieux au cours duquel nous échangeâmes nos vœux et cadeaux autour d'un succulent repas préparé par Naïma. Ma sœur s'abstint d'annoncer la nouvelle de son exposition et de mon côté, j'évitais de lui en parler en rentrant au studio, je m'étais autorisé les fêtes comme répit et je pensais comprendre que Sarah voulait me ménager. Je la sentais hésitante, partagée entre son désir d'exprimer sa joie d'avoir été remarquée pour son travail et son inquiétude de me mettre dans l'embarras en dévoilant notre relation. Elle se moquait bien de ce qu'on dirait d'elle, peut-être était-elle plus forte que moi, ou peut-être s'en fichait-elle car elle n'était pas aussi proches des gens d'ici que je l'étais, mais elle avait de la considération pour mes sentiments et je ne l'en aimais que plus. Mais parce que sa priorité était de ne pas me causer du tort, la mienne était de faire son bonheur. Et si son rôle était de me ménager, alors le mien était de la pousser vers sa réussite. Elle méritait d'être reconnue pour son talent et en plus d'être son frère et amant, j'étais son premier fan. Je ne pouvais qu'aller dans ce sens.

Les jours passèrent et notre quotidien ne changea pas. Nous continuions à nous aimer tendrement, à l'abri des regards, et seuls les murs de mon studio pouvaient témoigner de l'amour dans nos regards ou entendre la passion dans nos soupirs. Qui d'autre aurait pu remarquer que la tendresse de nos gestes cachait une intensité inexplicable ? Ce fut main dans la main que nous nous rendîmes chez Marc pour le nouvel an. Nous passions pour des amoureux aux yeux des inconnus et nos connaissances disaient de nous que nous étions très proches. Seuls David et Kelia partagèrent un regard entendu en voyant nos mains liées mais nous nous détachâmes bien vite une fois arrivés sur les lieux. Les parents de Marc lui avaient laissé la maison en échange d'un grand nombre de services tout au long du mois de décembre. Il me raconta qu'il avait dû faire des choses variées allant des plus banales aux plus idiotes. Ainsi, il avait fini par nettoyer la collection complète de dés à coudre de sa mère, avec un coton-tige. L'anecdote nous fit beaucoup rire et je sentis au regard satisfait de Marc qu'il était enchanté d'avoir amusé ma sœur. Il ne semblait pas avoir compris qu'il n'était pas autorisé à l'approcher et cette pensée me fit immédiatement cesser de boire. J'allais faire attention, je n'avais aucune confiance en lui à ce niveau et pourtant je lui aurais confié ma vie en tout autre situation n'incluant pas une femme.

David, qui avait disparu de longues minutes, revint de bonne humeur au beau milieu d'une soirée déjà bien entamée, et vint se frotter à moi en riant, puis à ma sœur. Étonnamment, cela m'ennuya bien moins que les regards gourmands de mon autre ami et je trouvais moi-même la situation amusante. Sarah n'apprécia cependant pas que Kelia suive l'exemple de David. De toute évidence, elle ne se secoua pas bêtement contre moi, mais elle n'hésita pas à être très tactile. Je la savais naturelle et peut-être que certains restes de notre relation entachaient encore notre amitié, mais comment l'expliquer à une femme jalouse ? Femme que je comprenais parfaitement parce que j'aurais probablement vu rouge aussi, si un homme s'était comporté ainsi avec elle. Je tentai donc de prendre légèrement mes distances sans pour autant vexer mon amie avec qui j'aurais une discussion après, mais l'impétuosité de ma sœur ne me laissa pas le temps de faire quoi que ce soit, et son intelligence la fit prendre la main de Marc pour aller danser et me retourner le sentiment de jalousie. Je la regardai partir et me retint de faire un scandale qui nous nuirait à tous les deux.

— Y'a de l'orage dans l'air, plaisanta David.

Je ne pris pas la peine de lui répondre et m'adressai à mon amie. Je parlais à voix basse par peur d'être entendu et la musique l'empêchait de comprendre ce que je racontai. Elle me hurla de parler plus fort et d'un geste je l'invitai à me suivre à l'extérieur tandis que notre ami commun rejoignait la piste.

— Kelia, ne le prends pas mal mais comme j'ai parlé de nous à Sarah, j'aimerais que nous évitions d'être trop tactiles toi et moi…

— Alors finalement, tous les deux… Plus que frère et sœur ?

— Disons que pour le moment on est entre deux relations parce que je ne sais pas quoi faire, je sais juste ce que je ressens pour elle.

— Tu veux un scoop ? On le sait aussi, rit-elle.

Je partageai son moment de rire et la pris dans mes bras sans aucun arrière pensé, la remerciant silencieusement pour sa compréhension que je ne m'expliquais pas plus que celle de David.

— On est d'accord ?

— Oui, je ferai attention. Par contre, ne me remets pas cette étreinte sur le dos. Retourne-toi.

— Qu…

Lorsque je le fis, je vis Sarah sur le pas de la porte et son regard en disait long sur ses sentiments. Elle avait beau savoir que je l'aimais, cela ne l'empêchait pas d'être jalouse et j'étais clairement malchanceux question timing. Je venais d'être surpris au cours de mon dernier geste de réelle affection avec Kelia. Je n'eus rien le temps de dire, ma sœur partit et je vis ensuite Marc sortir la tête pour voir ce qu'il se passait dehors. Il me fit un signe de la main qui sembla innocent mais déclencha ma propre jalousie. Je pris quelques minutes pour me calmer avant d'indiquer à mon amie que j'allais la chercher pour m'expliquer. Mais une fois à l'intérieur, je ne parvins pas à la trouver. Je demandai à David s'il l'avait vue et il répondit négativement comme la plupart de mes autres amis et connaissances. C'est finalement un inconnu qui m'apprit qu'une fille correspondant à ma description s'était dirigée vers les chambres avec Marc et je me retins de lui briser le nez lorsqu'il se permit de dire qu'elle allait sûrement y passer comme toutes les autres. Je me précipitai vers l'arrière de la maison et lorsque je vis Marc déjà torse nu dans le couloir, je ne pus me retenir. Je l'attrapai par le bras, le fis se retourner et le plaquai contre le mur en appuyant sur sa gorge de mon avant-bras.

— Si tu as touché à un seul cheveu de ma sœur, je te tue. Je t'avais prévenu, elle ne fera pas partie de ton tableau de chasse !

Il se dégagea avec difficulté, levant les mains en l'air pour me signaler qu'il n'essayait pas de lutter et je le relâchai avec réticence. Il se frotta le cou en grimaçant et me lança un regard noir.

— T'as vraiment un problème, mec. Je l'ai pas touchée ta sœur, elle est dans la salle de bain, probablement en train de se remaquiller !

Il soupira et m'invita à le suivre, ce que je fis en étant un peu plus soulagé. Arrivé à la porte, il m'invita à entrer en levant les yeux au ciel. Lorsque je l'ouvris, la pièce était dans le noir complet et avant que je ne puisse le réaliser, Marc me poussa à l'intérieur et verrouilla la porte. Je trébuchai dans quelques objets encore non identifiés et j'entendis mon soi-disant ami hurler de l'autre côté du battant.

— Ça, c'est pour l'agression ! Réfléchis un peu à ton complexe du grand frère pendant que je m'occupe de ta petite sœur.

L'enfoiré. J'eus envie de le tuer alors que je n'avais encore jamais eu de tels sentiments à l'égard d'un autre être humain. L'imaginer toucher à Sarah faisait monter une rage incontrôlable en moi et je frappai contre la porte à m'en faire souffrir les mains. Mais cette colère fut bien vite recouverte par mes angoisses. J'étais enfermé dans un espace clos et même si j'avais bien des peurs, la claustrophobie était sans aucun doute la plus grosse et irrationnelle de mes frayeurs. Je commençai à manquer d'air après seulement quelques minutes et paniquant, je ne parvins pas à trouver d'interrupteur pour m'éclairer, et donc me rassurer. Je sentais divers objets autour de moi que j'identifiais comme du matériel pour faire le ménage et éventuellement le jardinage. J'en déduisis que je me trouvais dans un cellier mais ce fut la dernière pensée lucide dont je me souvins, car après quelques minutes, je ne pouvais définitivement plus être qualifié de sain d'esprit. La pièce semblait se refermer autour de moi, emprisonnant un par un mes membres, à commencer par ma gorge. Je remarquai à peine la sueur glissant sur ma peau, trop concentré sur mon incapacité à faire passer de l'air dans mes poumons. Tombant sur le sol, je me sentis vraiment mal et ma tête s'emplit de pensées qui auraient semblé incohérentes pour quelqu'un d'autre, mais totalement plausibles pour moi à cet instant précis. J'allais mourir bêtement dans un putain de placard à balais et je n'avais pas eu le temps d'aimer Sarah comme elle le méritait. Sarah… Je l'aimais, j'en étais fou, dément, et j'avais tellement de choses à lui dire, tellement de sourires à lui offrir, de rires à partager avec elle, de larmes à verser pour elle. Elle était le centre de mon univers et je n'avais encore jamais eu le courage de lui confier qu'elle était également mon tout, que je ne me sentais pas entier sans elle. J'avais été lâche depuis le début et elle avait attendu patiemment que je réalise qu'il n'y avait pas d'avenir heureux pour nous si nous n'étions pas ensemble. Et moi, bêtement, j'avais mis trop de temps à le réaliser, enfermé dans ma spirale négative. Je m'en voulais et j'en voulais aussi à l'univers de me faire mourir aussi peu dignement et de ne pas me laisser au moins le luxe d'entendre sa voix une dernière fois. Et comme si mes prières muettes avaient été entendues, je perçus sa voix. Celle-ci, douce et mélodieuse, un brin paniquée à cet instant, résonna en moi et m'apaisa intérieurement. Je compris que c'était la fin si j'en venais à avoir des hallucinations auditives. Mes doigts crispés autour de ma gorge comme si j'essayais de me tuer, je ne parvenais plus à ouvrir les yeux et mon corps, agité par quelques tremblements, manquait cruellement d'oxygène. Mais je sentis tout à coup la plus délicieuse des caresses lorsque les lèvres de Sarah se posèrent sur les miennes, tentant de m'envoyer de l'air alors que ses doigts essayaient vainement de détacher mes mains de ma gorge. Je l'entendis hurler, larmoyante.

— Respire, Will ! Respire !

Et d'un coup, je pris une grande inspiration, puis deux, puis autant qu'il m'en fallut pour revenir de ma presque mort. Sans crainte de m'afficher, je rampai presque jusque dans le couloir pour respirer un meilleur air puis je me laissai tomber sur le dos, épuisé. Je crus entendre les voix de certains de mes amis mais j'étais bien incapable de leur répondre. Puis j'entendis ma sœur hurler sur Marc, jurer et je crus même reconnaître le son d'une gifle.

— Man, tu rates du lourd.

David et sa voix rieuse me firent ouvrir les yeux. Je vis son visage amusé concentré sur une scène dont j'entendais le déroulement sans la voir. Ma sœur était furieuse et je n'enviais pas mon ancien ami. Mais en réalité, je me fichais bien de lui et des autres, tout ce que je voulais c'était rentrer, immédiatement.

Je bus le verre d'eau que me tendit Kelia et me relevai avec difficultés. Lorsque j'arrivai à hauteur des deux en désaccord, je saisis Sarah par la main et l'entraînai avec moi sans un mot. Je m'arrêtai un instant, revins sur mes pas et décrochai un magnifique crochet du droit à Marc, dont le nez ne serait plus jamais aussi charmant. Puis, récupérant nos affaires, je saluai seulement mes deux meillcurs amis et quittai les lieux en vitesse, suivie par une Sarah accrochée à ma main qui ne recevait que des hochements de tête à ses questions. Et lorsque nous fûmes enfin au studio, je l'embrassai, comme je ne l'avais jamais embrassé, avec tant de passion que nos corps s'enflammèrent. À bout de souffle, je me détachai d'elle et tombai à genoux, enserrant sa taille de mes bras et me mettant à pleurer comme un enfant, moi qui avais si peu pleuré depuis la mort de mon père, à part pour elle. Je pleurais, à me noyer dans mes larmes.

— Je sais que c'est irrationnel, mais j'ai cru que j'allais mourir. Sarah… j'ai cru que je ne te reverrais jamais, et j'ai encore tellement de choses à te dire, tellement de choses à partager avec toi. Je t'aime, plus qu'il ne devrait être possible d'aimer. Je suis désolé d'avoir mis tellement de temps à le réaliser. Je t'en supplie, ne me quitte jamais.

— Je n'en avais jamais eu l'intention, me chuchota-t-elle.

Doucement, elle glissa contre le mur et vint m'enlacer avec toute la tendresse dont elle savait faire preuve. Je n'avais de cesse de me répéter combien je l'aimais, et cette fois je ne me sentais plus ni coupable, ni honteux, ni malheureux ou quoi que ce soit de négatif. J'étais en larmes d'avoir eu le sentiment que tout allait m'échapper avant que j'aie eu le temps de vivre, et cela avait changé toute ma perception de notre relation. Je n'étais pas stupide ou aveugle au point de penser que nous allions vers un avenir calme et heureux, mais je me sentais prêt à tout affronter pour être avec elle, tout pour ne pas la perdre.

Je lui fis l'amour pour la première fois cette nuit-là. Je lui fis l'amour par mes baisers, mes caresses, mes mots doux, mes regards, mes soupirs. Je lui fis l'amour de toutes les manières possibles et rien ne me sembla plus pur que cette nuit dans ses bras. C'était ça qui était juste, nous. Notre relation était correcte.

Chapitre 33

« Je suis peut-être égoïste, mais c'est parce que je suis avide, avide de toi. »

Sans avoir eu besoin d'en discuter, nous prîmes la décision de continuer à garder notre relation secrète. « Pour vivre heureux, vivons cachés. » 2009 annonçait des changements et je nous sentais prêts à les affronter.

Les mois jusqu'à l'exposition défilèrent assez rapidement mais furent particulièrement durs. Je passais beaucoup de temps au travail, et quand je n'y étais pas pour faire le service, je m'y installais pour réviser. Sarah, quant à elle, avait envahi mon studio pour peindre, et j'essayai de ne pas la déranger. Ainsi, bien qu'heureux de nous retrouver le soir, nous n'avions plus assez de forces pour faire autre chose que discuter. Ce fut seulement à quelques jours du grand événement que ma sœur termina ses différentes œuvres et que nous pûmes passer du temps ensemble. La température du mois de mai était douce, et nous prîmes grand plaisir à nous promener dans les rues de Bordeaux, sans jamais oublier de faire un détour par Mollat. Et si nous passions la journée en extérieur lorsque je ne travaillais pas, nos soirées étaient moins calmes, plus passionnées, et bien moins chastes. Depuis que j'avais découvert le plaisir que m'apportait le corps de Sarah, j'avais du mal à m'en passer. Je nous usais de peur que ce soit la dernière fois que nous puissions le faire, et même si je ne voyais pas comment, j'étais effrayé à l'idée que nous puissions être séparés. Autant je me refusais à imaginer un avenir avec elle quelques mois plus tôt, autant à compter de ma flagrante réalisation du nouvel an, je n'imaginais plus un futur loin d'elle.

Le grand jour arriva, et j'étais plus stressé que la concernée. Étonnamment, je m'inquiétais du succès qu'elle rencontrerait, et pas particulièrement de ce qui allait résulter de cet événement. J'étais en paix avec moi-même. Je savais que tous nos amis viendraient, à l'exception de Marc qui avait l'intelligence de nous éviter, quelques professeurs également, et la famille Nasri, bien évidemment. Mais la pièce maîtresse de cette soirée était sans aucun doute notre mère, qui avait fait le voyage pour assister aux débuts de sa petite dernière. Lorsque je la vis pour la première fois après deux ans loin d'elle, mon cœur se serra. Je ne me souvenais pas qu'elle fût si petite et qu'elle semblât si fragile. Je ne perdis pas une seconde et la serrai dans mes bras avec tendresse et émotion. Je l'entendis murmurer un « Mon garçon » plein d'amour qui me fit monter les larmes aux yeux. Je culpabilisais de l'avoir tenue éloignée de moi si longtemps et j'avais peur que la révélation qui allait lui être exposée ne soit trop difficile à supporter. Mais j'étais résolu à continuer, je ne voulais plus me cacher. Je le devais à ma sœur.

Nous pénétrâmes dans l'espace où les toiles avaient été exposées, et j'eus immédiatement le souffle coupé. Le travail de Sarah était de toute beauté et je ne savais pas par où commencer. J'avais envie de tout voir à la fois, de prendre les œuvres et de les serrer contre mon cœur, je tombais amoureux d'elle pour la seconde fois. Je suivis le sens qui semblait avoir été prévu et je détaillais chaque peinture tour à tour sans jamais essayer de trop la décortiquer mentalement, de peur de lui en faire perdre sa saveur. J'apparaissais sur la majorité des toiles et si je n'y étais pas, alors c'était ma sœur qui s'y trouvait. Elle m'avait confié avoir voulu appeler l'exposition « Mon frère, mon ami, mon amant, mon amour » mais ne pas avoir osé être trop directe. L'événement avait donc été nommé « Les inséparables » et c'est avec beaucoup de gêne que ma sœur m'avait parlé de son choix. « Les inséparables sont des oiseaux vivant en couple, et qui sont extrêmement liés. On dit que si l'un des deux meurt, alors l'autre se laissera mourir à son tour. Je n'imagine pas ma vie sans toi, Will, et si j'avais le choix, j'aimerais quitter ce monde avec toi. » Elle me confia qu'elle aurait préféré ne dépendre de personne, qu'elle admirait ceux qui avaient la force de ne vivre que par eux-mêmes, mais que malheureusement ses sentiments pour moi l'empêchaient de trouver de la joie dans une existence où je n'étais pas. J'avais été sincèrement touché par cette déclaration car Sarah n'aimait pas particulièrement exprimer ses sentiments extrêmes par des mots – elle préférait les peindre – et je partageais totalement son avis. Même si, dans la pratique, les inséparables survivent à leur partenaire et s'en trouvent un nouveau, j'aimais cette légende poétique qu'on racontait à leur sujet et je compris immédiatement le clin d'œil fait à cette histoire lorsque je me retrouvai face à la dernière toile. Deux oiseaux en cage, l'acier posé sur un fond de jaune, d'orange, de rose et de rouge. Nous, enfermés, prisonniers de la société. Ou de notre amour ? Mais surtout, ensemble et amoureux. Les couleurs chaudes contrastaient avec la grille nous entourant et rendaient la toile magnifique. C'était probablement l'une de mes peintures préférées, avec celle où elle était représentée pareille à une sirène qui s'étouffait dans un tourbillon d'eau. Je comprenais bien sûr sa métaphore avec ma crise d'hyperventilation au nouvel an, elle m'expliquait ainsi qu'elle-même suffoquait en mon absence. Chaque toile avait sa signification, et si certaines étaient compréhensibles pour tous, d'autres semblaient plus intimes, et j'avais le sentiment d'être le seul à pouvoir en saisir le sens. Ce qui était certain, c'était le talent de ma sœur.

Lorsque j'eus terminé mon second tour, jamais lassé d'entrer dans les profondeurs de l'âme de Sarah, je la rejoignis et déposai un baiser sur sa joue en lui murmurant mes félicitations et mon admiration à l'oreille. David et Kelia vinrent nous saluer, et je remarquai que si certains de nos amis levaient les pouces en direction de ma sœur, d'autres ne savaient définitivement pas où se mettre. Ils fuyaient mon regard, prétextant avoir trouvé un point extrêmement intéressant sur le sol, et je compris que ceux-là n'étaient pas prêts à nous accepter. C'était parfaitement compréhensible et je ne m'en offusquais pas, je n'étais de toute façon pas aussi proche d'eux que je l'étais de mes deux meilleurs amis, qui eux acceptaient bien – un peu trop pour David – la situation.

— C'est splendide, Sarah. Je n'y connais rien en art mais je te le dis, c'est magnifique !

— Merci, David. Je n'y connais pas grand-chose non plus.

Les deux se mirent à rire, ils se ressemblaient assez en terme d'humour et je brûlais d'impatience de pouvoir lui présenter Johanna qui allait probablement lui plaire tout autant.

— Je suis battue, je n'ai jamais aimé Will à ce point, dit Kelia avec humour.

Ma sœur lui sourit et s'en suivit une discussion sur différents sujets que j'écoutais de manière lointaine tout en cherchant ma mère des yeux. C'est finalement Ismet que j'aperçus lorsqu'il s'approcha de notre groupe et je vis à son visage que quelque chose n'allait pas. Tous s'arrêtèrent dans leur discussion et avant que je ne puisse dire quoi que ce soit, j'entendis Achir crier à son fils de revenir immédiatement. Il était furieux, je ne l'avais jamais vu dans cet état et cela me brisa le cœur. Ismet me toucha le bras et me murmura un triste « Je suis désolé » avant de rejoindre son père rouge de colère et sa sœur qui baissait la tête par gêne, soit des tableaux, soit de l'attention qu'attirait son père sur eux. La petite famille quitta l'exposition à la hâte et je dus me retenir de craquer, je devais être fort pour Sarah, je ne voulais pas qu'elle culpabilise. Mais mentir à ma sœur n'était pas chose aisée et elle vint immédiatement se blottir dans mes bras pour me réconforter. Je déposai un baiser sur sa tête et aperçus alors ma mère qui venait vers nous. Nos amis nous quittèrent après que je les eus présentés et notre trio se plongea dans un silence que je n'osais pas briser. Finalement, notre mère fit le premier pas et nous pûmes respirer au son de sa voix.

— C'est du très bon travail, ma chérie. Tu tiens ça de ton père, moi je suis incapable de dessiner quoi que ce soit, rit-elle.

— Merci, maman.

— Maman, je… commençais-je avant qu'elle ne me coupe.

— Ne dis rien, je ne suis pas idiote. N'en parlons pas maintenant, la vie est trop courte pour se faire du mal, alors faisons comme si de rien n'était, juste le temps d'une soirée. Demain est un autre jour.

Je ne compris que quelques mois plus tard le sens profond de ses mots, mais sur l'instant, je fus vraiment soulagé de ne pas devoir supporter la peine de ma mère en plus de la colère de mon propriétaire. Nous suivîmes donc ses conseils et profitâmes de la journée. Il faisait doux, et Sarah et moi présentâmes Bordeaux à celle qui nous avait mis au monde. Ma sœur lui raconta l'histoire de la ville tout en marchant à ses côtés, bras dessus bras dessous, et moi je suivais quelques pas derrière, apaisé par cette image tendre. J'oubliais un instant les regards dégoûtés de certains, la colère d'un homme que je considérais comme un second père, et même la déception que j'avais lu sur le visage de quelques connaissances, et je me concentrais sur les deux femmes que j'aimais le plus au monde. Elle s'arrêtèrent et me surprirent en train de les regarder en souriant. Je les rejoignis donc, passai un bras autour du cou de ma mère et nous avançâmes ensemble dans les rues bordelaises. La journée défila à toute vitesse et lorsque le soleil nous fit ses adieux, nous fîmes de même avec notre mère qui allait prendre un taxi jusqu'à l'aéroport et rentrer à la maison. Le travail l'attendait.

— Tu ne peux pas rester un peu plus ? lui demandai-je faiblement.

Elle secoua la tête tristement et nous serra tour à tour dans ses bras, nous embrassant tendrement sur la joue. J'avais le sentiment qu'elle était encore plus petite et fragile qu'elle ne l'avait jamais été, et mon cœur se fit douloureux à cette pensée. Je mis dans mon étreinte tout l'amour et l'affection dont je l'avais privée pendant deux ans et je vis ses yeux humides lorsqu'elle se détacha.

— Quoi qu'il arrive, n'oubliez jamais que je vous aime, d'accord ?

Sarah et moi secouâmes la tête, et je me souvins alors de ses mots quelques années plus tôt, lorsque j'avais partagé mon souhait d'étudier à Bordeaux. J'avais peur qu'elle m'en veuille et elle m'avait répondu « Tu feras parfois des choix que je n'approuverai pas, mais je te soutiendrai quand même. C'est ça une mère, quelqu'un qui t'aime même quand tu te trompes et même quand tu lui fais de la peine. Les enfants sont nos forces et nos faiblesses en même temps. » J'aimais ma mère, de tout mon cœur, autant que j'avais aimé mon père et peut-être même plus, mais tout comme mes parents s'aimaient plus qu'ils ne nous aimaient nous - contrairement à la plupart des autres parents - mes sentiments pour ma sœur étaient plus forts que ceux que je nourrissais à leur égard. Je n'y pouvais strictement rien. Quant à ma mère, j'ignorais si elle acceptait la situation par dépit, indifférence ou réelle ouverture d'esprit, mais elle était loin d'être dévastée comme l'aurait été une autre mère. Elle nous aimait, cela allait sans dire, mais notre relation était assez atypique.

Lorsqu'elle fut partie, Sarah fondit en larmes et je ne pus que la serrer contre moi en lui murmurant quelques mots réconfortants. La soirée était bien avancée et nous rentrâmes en silence au studio. Tout était éteint chez nos voisins et mon cœur se serra de nouveau en revoyant le visage d'Achir se dessiner derrière mes yeux clos. Nous rentrâmes chez nous en silence et une fois au lit, le sommeil vint rapidement frapper à notre porte. La journée avait été épuisante et une nuit de sommeil était le minimum avant un nouveau jour qui promettait d'être tout aussi compliqué que le précédent.

Chapitre 34

« Personne ne peut me blesser, parce que seuls tes mots ont de l'importance pour moi. »

Nous savions ce qui nous attendait en nous réveillant, et lorsque nous sortîmes du studio pour aller en cours, nous aperçûmes Achir qui partait avec ses enfants. Comme prévu, il nous ignora totalement, et Ismet et Naïma semblaient extrêmement mal à l'aise. Je m'en voulais de leur imposer ça mais quand Sarah posa une main délicate sur mon avant-bras, je m'obligeai à sourire et vins déposer un baiser sur son front. Elle se mit elle aussi à sourire tristement et prit ma main. Nous étions ensemble pour affronter tout ça, aussi difficile que cela puisse être, et c'était le plus important.

L'exposition avait été un succès et Sarah avait été abordée sur place et avait reçu des propositions pour divers projets. J'ignorais si son avenir était assuré mais j'étais vraiment heureux qu'elle suscite tant d'éloges. Ils avaient aimé son coup de pinceau, sa manière de penser mais également l'aspect unique de sa relation avec moi qui ressortait de chaque toile. Le prix à payer était cependant élevé. En effet, cette bonne nouvelle ne compensait malheureusement pas l'ambiance pesante à laquelle nous étions confrontés à l'université. Je ne dirais pas que tout le monde était au courant, nous n'étions plus au collège ou au lycée et la plupart se fichaient bien de ce que nous faisions, mais de nombreux élèves et professeurs avaient eu connaissance de notre situation, et leurs regards en disaient long. La plupart se contentaient de nous regarder ou de parler derrière leur main, mais dans ce genre de situation, il y avait toujours un idiot qui ne se contentait pas de ça. J'entendis une voix que j'espérais éteinte depuis le nouvel an, « Je comprends mieux, il aurait fallu que je sois son frère pour qu'elle me laisse la baiser, la salope ». Marc. Je vis rouge et je ne pus me retenir. Je le découvris immédiatement avec son sourire prétentieux et je me jetai sur lui. Son dos vint se fracasser contre le mur et sans que je puisse me contrôler, je me mis à le frapper, espérant briser son nez loin d'être remis. Un voile sang s'était posé sur mes yeux et plus rien n'avait de sens dans ma tête. Je n'entendais plus les voix autour de moi, je ne voyais plus réellement son visage en dehors des contours flous et je sentis à peine qu'on me tirait vers l'arrière pour m'empêcher de le démolir totalement.

— Calme-toi, mec. Tu vas avoir des problèmes, me murmura David à l'oreille tout en me maintenant.

Plusieurs minutes s'écoulèrent avant que je

ne m'apaise assez pour qu'il puisse desserrer sa prise sur moi. Je repris mon souffle avec difficulté et ma respiration ressemblait à celle d'un animal se préparant à charger, mais je parvins à me contrôler, physiquement tout du moins. Quand je vis le visage inquiet de Sarah, dont Kelia tenait le bras pour qu'elle ne vienne pas aggraver la situation, je réussis à me convaincre de ne pas insister, mais je comptais bien faire passer un message, aussi déplaisant puisse-t-il être pour eux.

— Si l'un de vous a quelque chose à dire, qu'il vienne me voir ! Mais n'osez pas dire un mot à son sujet ou faire quoi que ce soit qui puisse lui causer du tort ! Et toi, dis-je en me retournant vers Marc. La prochaine fois que tu poses ne serait-ce qu'un regard sur ma sœur, je te tue. Tu m'entends ?

David me tira par le bras en secouant la tête, m'invitant à ne pas en dire plus pour m'éviter bien des ennuis. Nous quittâmes l'université avant que les professeurs ne découvrent la source du vacarme que nous avions provoqué et manquâmes tous les cours de la journée.

Après cette expérience, plus personne n'osa s'approcher de nous. La plupart nous fuyaient suite à ma démonstration de violence, qui aurait pu me valoir bien des ennuis si des témoins n'avaient pas eu l'honnêteté de rapporter les mots crus qu'avait prononcés Marc. Mais certains nous montraient aussi du soutien à leur façon. Il en était de même pour les professeurs. La plupart n'approuvaient pas et fuyaient notre regard, mais les plus jeunes, étonnement ouverts, nous encourageaient à tenir bon. Certains autres, mes préférés, continuaient simplement à agir de la même manière qu'avant l'annonce. Peut-être n'étaient-ils pas au courant, peut-être s'en fichaient-ils, toujours est-il que rien n'avait changé dans leur comportement et je leur en étais reconnaissant. De son côté, Achir ne nous adressa la parole que deux semaines plus tard, et ses mots furent bien difficiles à encaisser. Il nous interpella avant que nous ne rentrions et partagea avec nous ses sentiments et directives.

— Je ne veux plus que vous vous approchiez de mes enfants, ne les regardez pas, ne leur parlez pas. Vous n'existez plus. Terminez votre année et rentrez chez vous, vous n'êtes plus les bienvenus ici. Par respect pour ce que nous avons vécu, je vous autorise à vivre dans mon logement jusqu'à la fin de votre année scolaire, mais ensuite vous quitterez les lieux et vous ne remettrez plus les pieds dans ma maison.

Je savais mon propriétaire croyant et je ne doutais pas que notre relation fut une insulte à sa religion et à ses propres pensées, mais je n'imaginais pas qu'il puisse nous rejeter avec tant de véhémence. Je lisais du dégoût mais aussi de la haine dans ses yeux, et si ma sœur réussissait à le supporter, moi j'avais le sentiment de perdre une partie de mon âme dans la rupture de notre relation. J'adorais Achir et ses enfants, et je souffrais des sentiments négatifs qu'il avait pour moi. Mais une fois encore, l'idée de ne pas avoir Sarah à mes côtés me semblait encore plus difficile à supporter. Je ne pus donc qu'acquiescer, mais pas sans avoir dit ce que j'avais sur le cœur.

— Je n'ai jamais voulu vous manquer de respect, ni à toi, ni à tes enfants. Tu as été comme le père que j'ai perdu trop jeune et je t'en suis vraiment reconnaissant. Je suis désolé d'avoir heurté tes sentiments, mais je ne m'excuserai pas d'aimer Sarah.

J'eus un instant l'impression de l'avoir touché, mais il se referma rapidement, nous tourna le dos et rentra chez lui sans un mot supplémentaire. Je venais de perdre un être très cher à mon cœur et je n'avais pour seul réconfort que la tendresse se dégageant de la main de ma sœur. Je lui souris légèrement et nous rentrâmes dans ce studio que nous ne pourrions bientôt plus considérer comme étant notre foyer. Ce soir-là, je lui fis l'amour avec force et nécessité, elle me murmura ses sentiments, me rassura, me consola, et je pleurai de mes yeux secs la fin d'une vie. J'étais effrayé par tous ces changements et la perte de gens que j'aimais encore énormément, mais je savais qu'aucun ne saurait combler le trou béant que laisserait Sarah dans mon cœur si elle n'était plus là. Alors, même si ma tristesse était dévastatrice, je l'apaisais de mon amour pour elle.

Chapitre 35

« C'est lorsqu'on se dit au revoir qu'on réalise que le temps est passé trop vite et qu'on aurait peut-être dû savourer un peu plus chaque instant passé ensemble. »

L'année se termina plus rapidement que je ne l'aurais pensé, et tandis que le soleil pointait le bout de son nez, ma peine s'allégeait progressivement. J'avais donné ma lettre de démission à Luke, qui faisait partie de ceux étant resté indifférent à ma relation avec Sarah, et il m'en avait écrit une de recommandation au cas où j'envisageais de reprendre du service une fois rentré en Bretagne. On organisa une fête au café pour l'obtention de nos licences et ma sœur fit la moue parce qu'elle avait beau avoir réussi son année, elle ne pouvait se vanter d'aucun diplôme. David nous expliqua qu'il comptait retourner à Angoulême et aider dans l'entreprise de son père tout en continuant des études par correspondance. Kelia, quant à elle, décida de prendre une année sabbatique pour faire le tour du monde, seule. Je m'étonnai de cette décision mais elle m'expliqua qu'elle ressentait le besoin de bouger, et qu'elle n'était jamais plus heureuse que pendant ses voyages avec ses parents. Sauf que cette fois, elle voulait y aller seule, se prouver quelque chose. De notre côté, nous avions décidé de retourner dans notre chère Bretagne. Certains y auraient vu une fuite, mais nous y voyions un simple retour aux sources. C'était chez nous et cela nous manquait. Nous bûmes à la santé de tous, à la réussite de chacun et au bonheur de l'ensemble, et je me sentis heureux, chanceux même, d'être entouré de personnes si incroyables. Elles allaient toutes me manquer mais ce n'était qu'un au revoir. Nous partions dès le lendemain et il y avait peu de chance que notre chemin nous mène de nouveau à Bordeaux. Alors Sarah et moi fîmes un dernier tour dans les rues, les lieux que nous avons aimés, ceux que j'avais vus pour la première fois avec mes amis ou les enfants, et je me mis à pleurer. Sans pouvoir m'arrêter, je pleurai à chaudes larmes de devoir partir, d'avoir fait du mal à certains, d'avoir souffert pour d'autres, d'avoir aimé, d'avoir été heureux, d'avoir vécu… Je pleurais la vie et tout ce qu'elle m'avait apporté. Et j'étais tellement vivant, que ça en était douloureux et bon à la fois.

Le lendemain matin, je glissai les clés dans la boîte aux lettres de nos voisins et je pris la main de ma sœur en souriant. Nous fûmes rapidement à la gare et cherchâmes notre train sur le tableau d'affichage afin de nous rendre sur notre quai. Lorsqu'il arriva, je montai les valises et invitai Sarah à aller s'installer en lui donnant les billets. Alors qu'elle était encore sur les marches, une voix familière se fit entendre au loin.

— Will, c'est…

— Ismet… dis-je.

— Attendez ! cria-t-il.

Il arriva enfin à notre hauteur, essoufflé, et je restai muet, ne sachant pas pourquoi il était ici. Je lui laissai donc le temps de se remettre, et lorsque ce fut fait, il se redressa et me regarda avec beaucoup de sérieux.

— Moi, je te comprends. Ce que tu ressens, je le comprends, Will. Je sais que papa est déçu et je comprends pourquoi, mais je voulais que tu saches que je ne suis pas fâché et je ne t'en veux pas. Tu es mon grand frère…

Et juste comme ça, il se mit à pleurer sans pouvoir finir sa phrase. Ce petit bonhomme qui aimait tellement sa sœur, peut-être d'une manière assez similaire à la mienne, celui qui portait tant sur ses épaules depuis si longtemps et qui ne laissait jamais rien paraître, celui-là même n'était que larmes et tremblements dans mes bras. Je le serrai avec force, lui murmurant que tout irait bien, que je lui écrirai, que nous nous reverrions un jour et qu'en attendant il devait continuer à prendre soin de sa famille. Il me promit de le faire et nous entendîmes avec déchirement le sifflet du chef de gare, annonçant le départ imminent du train. Sarah me tira par le bras et je montai à contre-cœur, les yeux toujours posés sur mon petit bonhomme. Il allait me manquer, terriblement.

— La vie continue, Ismet, on se reverra ! lui hurlai-je tandis que la porte se refermait devant moi.

Il suivit le train et lorsqu'il fut au bout du quai, je remontai les voitures à mon tour, voulant mémoriser son visage. J'avais conscience d'être pathétique, lui et moi nous comportions comme un couple à l'écran, mais j'avais perdu ma capacité de réflexion en voyant les larmes dans ses yeux. Le train fila à vive allure et bientôt il ne fut qu'un petit point perdu bien loin dans le paysage. Alors je regagnai ma place et sans aucune honte, je me remis à pleurer sur l'épaule de ma sœur qui me consola une fois de plus. Les gens nous regardèrent, certains me jugèrent probablement, d'autres compatirent, mais je m'en fichais. J'avais beau être heureux d'être près de celle que j'aimais, j'étais malheureux d'avoir perdu d'autres personnes qui m'étaient chères, et d'avoir laissé Ismet dévasté sur un quai de gare. Le paysage défilait sous nos yeux, c'était vraiment le départ. Au revoir Bordeaux, adieu le marché du samedi et la rue piétonne si animée, porte-toi bien soleil du sud et prends soin de ceux qui me sont chers pour qu'ils puissent sourire en te regardant chaque matin. C'était là tout le mal que je souhaitais à ceux qui avaient partagé ma vie pendant ces trois années, bien loin d'être aisées. Mais les peines vécues valaient ce que j'y avais gagné, et ce furent les doigts entrelacés avec ceux de Sarah, la tête posée contre la sienne et les yeux rivés vers l'extérieur, que je réalisai ces faits. Elle était à mes côtés et même si nous allions vers de nombreuses difficultés, j'étais heureux.

Épilogue

« Ne me demande plus jamais pardon, parce que moi, je te remercie de m'aimer. »

Quimper, 2016

Nous étions là, tous les deux installés sur nos serviettes pour profiter du soleil, et alors que mon frère semblait endormi, sur le ventre et la tête dans ses bras, je restais assise pour continuer à écrire dans ce journal intime qui ressemblait à des lettres adressées à Will, des mots qu'il ne lirait probablement jamais. Pourtant, moi, j'avais lu les siennes quelques années plus tôt, et je lui devais bien d'entrer un instant dans mon âme. Mais à quoi bon ? Après toutes ces années, il savait combien je l'aimais, nous étions bien inséparables. Il avait connaissance des tentatives, pas si vaines que ça, de le rendre jaloux dans mes premières lettres, de ma souffrance de le voir partir à l'autre bout de la France et même de mon si lourd secret. Maman était malade. Je le savais depuis bien longtemps mais j'avais préféré me taire plutôt que de lui faire de la peine. Mais elle avait fini par rejoindre mon père peu de temps après notre retour en Bretagne. Ce fut l'un des moments les plus difficiles de notre existence. Nous avions perdu notre second parent, et l'un comme l'autre nous culpabilisions sans réelle raison. Will s'en voulait de n'avoir rien remarqué et pensait que notre relation était la cause d'un trop grand stress pour notre mère, et de mon côté je culpabilisais de n'avoir su la faire ralentir. Elle travaillait comme une forcenée, tellement, que je ne l'avais vue que très rarement pendant les deux ans loin de mon frère. J'avais compris plus tard qu'elle avait été ainsi dès la mort de notre père, mais que la présence de Will à mes côtés me l'avait fait oublier. C'est avec du temps et de la réflexion que je réalisai que rien n'était de notre faute. Notre mère était atteinte d'un cancer et son corps se faisait ronger plus vite encore à cause de son cœur qui, lui, était déjà prêt à rejoindre l'être aimé. Notre père, cet homme que j'avais tant pleuré mais aussi tant détesté. Je lui en voulais de m'avoir donné tellement d'amour, parce qu'il m'en avait privé en quittant ce monde. Plusieurs années après, je gardais encore cette rancune à son égard. Je lui en voulais de nous avoir tous abandonnés, et je m'en voulais de lui en vouloir. Parce que j'adorais mon père et que j'étais parfaitement consciente que s'il avait pu choisir, il ne serait jamais parti. Mais il l'avait fait, emportant ma mère avec lui quelques années plus tard. L'emportant elle et ses secrets, et des secrets, je savais qu'elle en avait. Je la soupçonnais d'avoir toujours eu connaissance de notre amour réciproque, et de n'avoir jamais rien dit. Mais je n'avais aucune preuve et je n'en aurais plus jamais. Will et moi nous étions retrouvés orphelins à l'âge adulte et alors que nous peinions déjà à rester forts dans notre relation atypique, nous devions aussi faire face à la tristesse de perdre un être cher.

L'année qui suivit cette tragique perte fut une des plus difficiles pour nous deux, et cette fois je n'étais plus la seule à pleurer. Alors que j'avais porté ma peine seule, laissant mon frère dans l'incompréhension face à mes réactions excessives et mon comportement inexplicable, il avait fini par saisir chaque réaction de ma part en découvrant la maladie de ma mère. Le fait de comprendre les choses ne les rend néanmoins pas plus simples à accepter. Will me confia qu'il aurait aimé porter mes peines pour m'en soulager, ou au moins les partager, et je m'en voulus de l'avoir laissé dans l'ignorance. Nous passâmes de nombreux mois à trouver nos repères, nous remettre de la perte de notre mère, et à apprendre à connaître notre couple. Ce fut particulièrement difficile, cependant, pas une seule fois, l'idée de nous séparer ne nous traversa l'esprit. Depuis ce nouvel an révélateur pour mon frère, nous étions devenus inséparables et une promesse muette s'était établie entre nous. « Jusqu'à ce que la mort nous sépare. » Et peut-être plus loin encore... L'un comme l'autre, nous savions que nous n'aurions jamais d'enfant, que nous ne pourrions nous marier, et que nous serions souvent rejetés par la société. Mais imaginer ma vie sans lui me semblait aussi compliqué que de respirer sous l'eau, impossible. Il m'arrivait de penser être folle et même d'imaginer être anormale, bonne à enfermer, mais ma place dans ses bras semblait être si pure et naturelle, que je cessais bien vite de me torturer avec ces pensées absurdes. Je savais que Will avait eu des difficultés à accepter la situation, mais je le sentais à présent plus sûr que jamais, plus serein et aussi apaisé. Nous avions trouvé un équilibre.

David et Johanna venaient fréquemment nous rendre visite et si ce n'était pas eux, alors nous nous y rendions. J'eus l'occasion de rencontrer les jumeaux pleins de fougue et les parents attentionnés du meilleur ami de mon frère, et même s'ils mirent un peu de temps pour s'adapter à notre relation, ils ne firent aucun commentaire négatif et nous accueillirent toujours à bras ouverts. Kelia, quant à elle, avait voyagé plus longtemps qu'elle ne l'avait initialement prévu. Et si la bague à son doigt n'en était pas la preuve, son ventre arrondi semblait justifier d'un amour inconditionnel pour un bel américain qu'elle avait rencontré au cours de ses voyages, dans des circonstances qu'elle disait préférer taire. Nos plus proches amis se portaient bien et nous avions la chance de les voir de manière assez régulière. Du côté de la famille Nasri, Achir semblait avoir définitivement tiré un trait sur nous et mon cœur était encore peiné pour Will qui avait tant d'affection pour lui. Nous avions cependant des nouvelles régulières d'Ismet par le biais des lettres qu'il nous envoyait. Naïma avait fait bon usage de l'argent que nous avions envoyé pour son éducation et tout en travaillant pour une petite entreprise, elle essayait d'ouvrir sa propre boutique pour vendre ses créations. Son jeune frère étudiait avec assiduité et Will en était très fier, comme si c'était son propre fils. Je le taquinais souvent à ce sujet. Aussi, nous nous interrogions fréquemment sur les sentiments d'Ismet à l'égard de Naïma. Si nous avions pensé à une époque qu'il s'était épris de moi, certains de ses mots nous laissaient penser qu'il ressentait pour sa sœur quelque chose qui s'apparentait plus à nos propres sentiments qu'à ceux habituels d'un frère et une sœur. Nous ne cherchâmes cependant pas à en savoir plus, et nous contentâmes d'être heureux d'avoir de leurs nouvelles.

La vie n'était pas toujours aisée sur le plan psychologique. Nous étions en sécurité financièrement grâce à l'héritage de nos parents et à mon succès grandissant accompagné du dur travail de Will, mais l'argent ne compensait pas les regards désapprobateurs que nous recevions de personnes que nous avions un jour aimées. Mon frère se vit être jeté dehors par une boulangère chez qui nous achetions le pain depuis notre plus jeune âge, et certains voisins ne se gardaient pas de nous cracher des injures au visage lorsque nous nous promenions dans les rues du quartier. Mais nous restions forts et fiers de notre amour. Par ailleurs, tout le voisinage n'était pas contre nous, bien au contraire, certains nous apportaient leur soutien et nous n'étions donc pas tellement à plaindre. Ainsi, la vie n'était pas rose mais elle valait bien le coup d'être vécue maintenant que nous avions trouvé notre place, aussi anormale puisse-t-elle être aux yeux de certains.

Relevant la tête de mon carnet mi-écrit mi-dessiné, j'arrêtai mon regard sur Will, et mes yeux admirèrent les deux oiseaux colorés, posés sur la branche d'un arbre impressionnant, tatoués sur tout son dos. Instinctivement, je passai les doigts sur ma poitrine, où deux petits oiseaux identiques trônaient fièrement. Des inséparables. Nous avions finalement eu la révélation que nous attendions pour nos tatouages respectifs et ils me semblaient plus qu'appropriés. Ils s'accordaient avec ce tableau que je ne m'étais finalement pas résolue à vendre et qui trônait à present dans notre maison. Je descendis poser un baiser silencieux sur sa nuque et le sentis remuer. Puis il se retourna et je m'empressai d'écrire les derniers mots de mon journal, *« Tu as passé des années à culpabiliser pour tes sentiments, alors que c'est là tout ce que j'espérais. Ne me demande plus jamais pardon, parce que moi, je te remercie de m'aimer »*. Doucement, je refermai mon carnet pour venir m'allonger contre lui, la tête sur le cœur de mon seul et unique amour, mon frère.

Note de l'auteur

Si vous avez aimé ce roman, n'hésitez pas à laisser un avis sur le site où vous l'avez acheté ou sur les différentes plateformes auxquelles vous êtes peut-être inscrits *(Livraddict, Babelio, Booknode...)* Cela me sera très utile et je vous en serai extrêmement reconnaissante !

Par ailleurs, vous pouvez me retrouver sur Facebook
~https://www.facebook.com/erikaboyerauteur/

Je vous remercie sincèrement d'avoir prêté attention à mon tout premier roman et je vous dis à très bientôt pour de nouvelles aventures !

Remerciements

J'ai longuement hésité avant d'écrire cette page. Je me suis dit que c'était un peu présomptueux, et que seuls les vrais auteurs pouvaient se permettre ce genre de chose. Mais je me sentirais honteuse de ne pas écrire un petit quelque chose pour remercier toutes les personnes sans qui cet ouvrage n'existerait peut-être pas.

Un grand merci à ma toute première lectrice et ma très chère amie Marion, celle que je saoule de commentaires en temps réel et qui s'accomode toujours de mes humeurs. Merci à Nadège et Steven, nos deux partenaires sur Plume Bleue avec qui je partage l'amour des mots et qui sont toujours un réel soutien. Merci à Juliette pour son travail sur la couverture, Juliette qui est toujours partante pour m'aider sans aucune contrepartie. Dans la même catégorie, merci à Caroline pour la vérification et correction de mon texte. Encore une amie toujours prête à aider ! Merci à Pauline pour son amitié honnête mais aussi à Samantha et

Alice. Aucune des trois n'a hésité une seconde avant de lire mon manuscrit pour ensuite m'aider à y apporter quelques modifications importantes.

Merci à ma chère Léa dont les mots resteront pour toujours gravés en moi, mais également à Sarah, Anaïs, Gwendoline, Manon, Lauriane, Laura, encore une Léa… ainsi que toutes les personnes qui ont lu ou vont lire 'Pardon'. Merci à vous tous de vous intéresser à mon écrit en dépit du sujet délicat.

Merci à tous les artistes qui m'inspirent au quotidien, avec une mention spéciale pour deux chanteurs qui ont une grande importance pour moi : Kim Jonghyun et Harry Styles.

Pour finir, merci à mon conjoint qui me laisse toujours faire ce que je souhaite pour la simple raison qu'il est heureux lorsque je suis heureuse. Merci à mes parents, mon frère, ma nièce, ainsi que tous les membres de ma famille et de mon cercle d'amis qui sont à mes côtés au quotidien et ont fait de moi celle que je suis aujourd'hui. Sans eux, je n'écrirais peut-être pas tout ça. Et même si ça fait rire, merci à mes deux boules de poils, Laia et Tsuki, parce que les animaux ça vous change la vie !